集英社オレンジ文庫

# 六花城の嘘つきな客人

白洲　梓

本書は書き下ろしです。

六花城の
嘘つきな客人

Contents

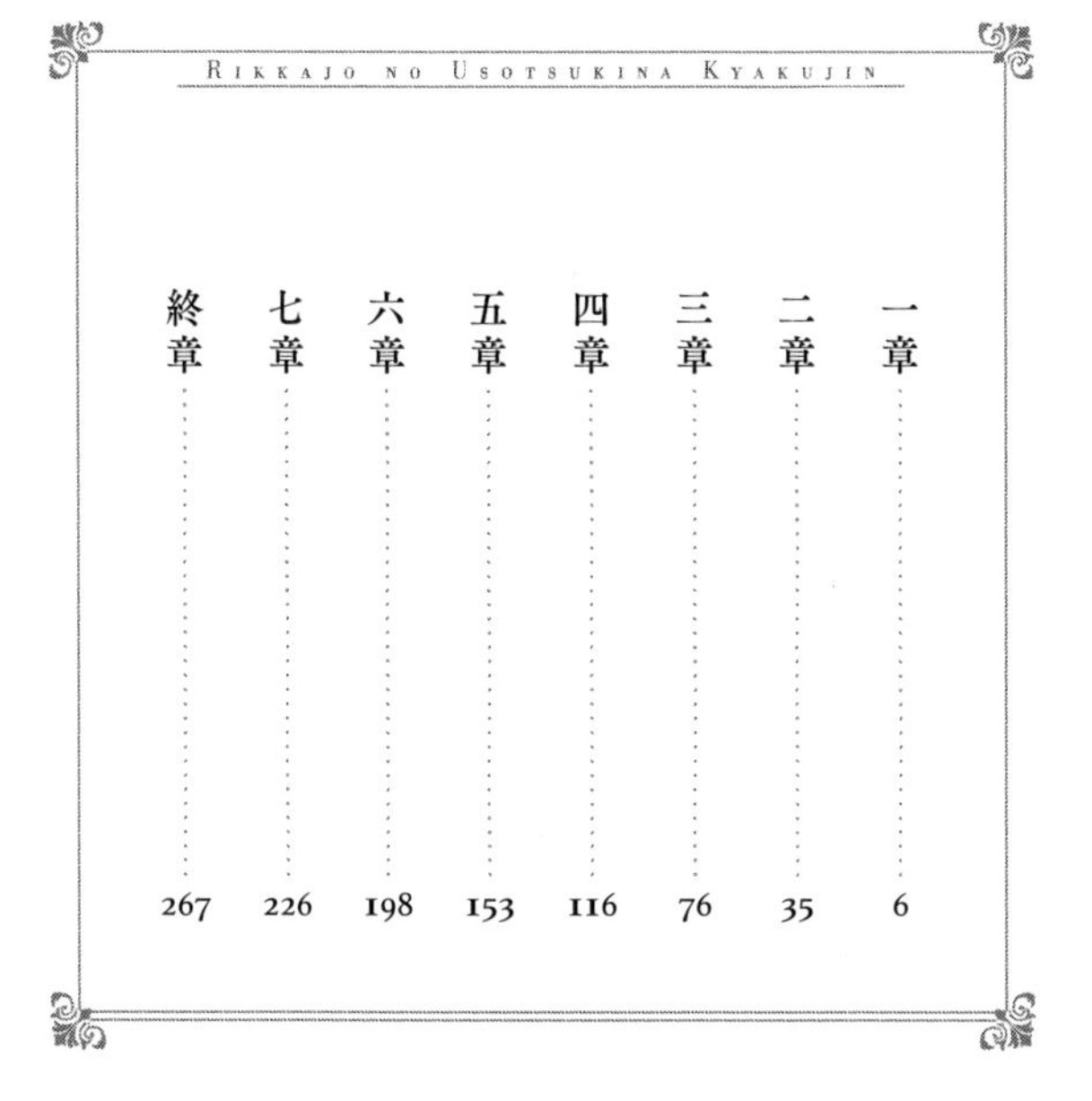

RIKKAJO NO USOTSUKINA KYAKUJIN

# 六花城の嘘つきな客人

白洲梓

RIKKAJO NO
USOTSUKINA
KYAKUJIN

# 一章

柔らかなシーツに包まれながら、シリルはまどろんでいた。隣にいたはずの女の体温が感じられず、もう起きたのか、と夢うつつに考えた。

「そろそろ起きて、シリル」

シリルは「うーん」と眉(まゆ)を寄せ、額にかかる髪を掻(か)き上げながらうっすらと瞼(まぶた)を開いた。鏡台の前で艶(つや)やかに輝く金の髪を梳(くしけず)っている女が、苦笑しながらこちらを振り返る。

「私、今日は用事があるの。悪いけどそろそろ帰ってちょうだい」

昨晩をともにしたカティア夫人は、さばさばとした口調で言った。彼女は伯爵夫人である。もちろん夫のいる身だ。そしてシリルは、彼女の夫ではない。

上体を起こしてあくびをする。何も身に着けていないシリルの肢体(したい)に腰まである長い亜麻(あま)色の髪だけが絡みついて、窓から差し込んでくる光がそれを照らし出した。眩(まぶ)しそうに目を細めると、ぼんやりと夫人の背中を見つめた。

「伯爵が帰って来るのか？」

「あの人がどこで何をしているのか、私だって知らないわよ」

そう言って肩を竦(すく)める。カティア伯爵夫妻は、年に一度顔を合わせるかどうかという夫婦だった。伯爵が何人もの愛人を持っていることは周知の事実で、妻である夫人はそれについてとやかく言うつもりはないようだった。

そして、彼女自身、愛人がいる。それがシリルだ。

シリルもまた、彼女以外にも夜をともにする女はたくさんいる。それでも、カティア夫人とは関係が続いて一年、他の女に比べれば長い付き合いだった。

「ねぇシリル。私しばらくの間、北へ行くことになったの」

「北？」

「ネージュ家の六花(りっか)城に招待されたのよ。この冬の間は、ずっと滞在するつもり」

「寒い時期になんでわざわざ寒いところに行くんだ。気が知れないな」

「寒い時期だからじゃないの。雪が降り積もって、あのお城が一番美しい季節よ。——あなたも一緒にどう？」

「遠慮(えんりょ)するね。寒いのは苦手だしー」

シャツに腕を通しながらシリルは答えた。

「いいえ、一緒に行くべきよ、シリル」

「は？　なんで」

「あなた——自分にどれだけの財産が残るか考えたことあるの？」

　シリルはぴくりと肩を震わせ、剣呑(けんのん)な目を夫人に向けた。

「子爵家の三男坊のあなたには、大した財産は入ってこないわ。名ばかりの将校の地位で遊びほうけているだけで、今後どうやって生きていくつもり？　あなたもう二十三でしょ。ずっと女の家を回り続けるの？　お父様もお母様も心配されているでしょうに」

「……いいんだよ、楽しくやってる」

　カティア夫人が鏡越しにシリルに微笑(ほほえ)む。

「六花城にはこの冬の間、名だたる貴公子たちが招待されているのよ。何故だと思う？」

「六花城の主である、北の大領主ネージュ家当主の一人娘、ブランシュ嬢の結婚相手を選ぶためなのよ」

「一人娘……」

「現当主に男子はいないわ。だからこのブランシュ嬢が未来の跡継ぎなの。ネージュ家の領地は金銀の採掘量が多くて、国中でも有数の裕福さよ。何より『雪の欠片(かけら)』を知ってるでしょう？　ネージュ家が製法を門外不出としている最高級のクリスタルガラスよ。国内外に高値で取引されているわ……つまり彼女の夫となる男には、安泰と財産が約束される」

　どう？　と夫人が振り返った。

「この北国のお姫様を籠絡(ろうらく)してみたら？　あなたにも道が開けるわよ」

　シリルは胸元のボタンを留めながら思案した。

「その未来の領主は、いくつなんだ？」

「十六歳になるはずよ」

　ふん、とシリルは鼻を鳴らす。

「子どもじゃねーか」

「あら、立派なレディでしょ。私が結婚したのは十五の時よ」

　二十八歳の夫人は白粉(おしろい)をはたきながら言った。今も十分に若々しく美しい。結婚して十年以上経つ今も、彼女に子どもはなかった。

「それに、あなたの手練手管(てれんてくだ)があれば、十六歳の初心(うぶ)な女の子を落とすなんて容易(たやす)いんじゃなくて？　どう、『王都一の色男』さん。……もしかして自信がないのかしら？」

　巷(ちまた)でのシリルの呼び名をからかうように口にして、夫人は目配せする。むっとしながら、シリルは上着を羽織(はお)って襟(えり)を整えた。

「俺に口説かれたら、他の名だたる貴公子たちの出る幕がなくて可哀想だろ」

「出発は五日後よ。気が変わったら教えて」

それだけ言って、カティア夫人はこちらを見もせず出ていけというようにひらひらと手を振った。

夫人の屋敷を出ると、冷えた風にぶるりと体を震わせた。見上げれば先日まで美しく色づいていた木々の葉もすっかり枯れ落ち、ファヴォリ王国の南部に位置するこの王都にも冬がやってきていた。

シリルは冬が嫌いだった。寒いし、風景は寂しいし、それに——嫌な思い出も蘇ってくる。

十五歳の秋、一人の美しい女性と出会った。二つ年上の貴族の令嬢で、シリルにとっては初めての恋だった。手紙を交わし、彼女の親の目を盗んで密会を重ね、これは運命の恋だと信じていた。

しかし寒い冬の日、彼女は年が明けたら他の男と結婚するのだと、あっけらかんと告げた。ずっと前から決まっていたことなのだ、と。

「どういうこと……?」

呆然としたシリルは、彼女に詰め寄った。

「彼に不満はないんだけど、結婚する前にもう少し恋を楽しみたかったの」

彼女はそう言って笑った。向けられる度心躍ったその笑顔に、得体の知れない気味の悪さを感じた。

ショックを受けたシリルだったがやがて、彼女が親の決めた相手と無理やり結婚させられるのではないかと思い、彼女を奪って逃げることを考えるようになった。そうして何度も手紙を書いたが、返事は来ない。

ついに直接彼女を訪ねると、折悪しくその婚約者の男がやってきていて、二人は仲睦まじく腕を組んでいるところだった。相手は裕福な貴族の長男だった。シリルに気づいた男は「誰だ？」と声をあげたが、女は笑って彼の腕を引いた。

「さぁ、知らないわ。ねぇ、あちらへ行きましょう」

シリルに一瞥をくれることもなく、彼女は幸せそうに男と連れ立っていってしまった。

あの時も、冬の風が吹いていたのを思い出す。

それ以来、シリルは女とは割り切った関係しか持たなかった。お互い遊びで本気にならない、そういう了解で付き合う。幸い容姿に恵まれたシリルは、相手に困ることはなかった。

嫌な思い出を振り払いながら、寒さに上着を掻き合わせて、シリルはぶらぶらと王宮へと向かった。

王宮ですれ違う侍女たちが、シリルを見て黄色い声をかすかに上げた。何度か関係を持ったことのある女も見かけた。彼女は笑みを浮かべながら、意味ありげな視線を投げてくる。シリルも軽く、含みのある微笑を返した。

訪ねたのは第二王子のレナルドの部屋だ。同い年の彼とは昔から馬が合う。堅物の第一王子と違って、レナルドは遊びのわかる男だった。

「レナルド、今夜のアルカンジュ宮の仮面舞踏会、行くだろ？」

レナルドは机に向かって手紙に目を通しているところだった。少しだけ目線を上げてこちらを見ると、肩を竦める。

「悪いが俺は行かない」

「珍しいな、具合でも？」

仮面舞踏会といっても、彼らの本当の目的は別にあった。その裏で行われる一大賭博だ。その後は都一の高級娼館へ流れるのが、彼らお決まりの楽しみ方なのだ。

「いや、もうそういった遊びはやめようと思ってね」

「……なんだって？」

シリルは驚いて目を丸くした。ぱさりと手紙を机の上に放り、レナルドは複雑そうな笑みを浮かべた。

「実は、結婚が決まったんだよ」

「おいおい、お前らしくないな。結婚のためにすべての楽しみを捨てるつもりか?」

「それが、結婚相手は隣国オリゾン王の妹姫なんだ。俺は二国間同盟のための人身御供(ひとみごくう)だよ」

「同盟……」

「さすがに、遊び人で有名な放蕩(ほうとう)王子ではこの役目は果たせない。父上からも、身を清めて婚姻に備えろと命じられた」

「レナルド……」

「俺だってこの国の王子だ、シリル。自分に課せられた役目の意味くらいわかっているし、それを成さなければならない義務があることだって認識してる。いつかはこういう日が来ると思ってたんだよ。その分、これまでは羽目を外してきた。だから悔(く)いはないさ。もう一生分は遊んだと思うよ」

お前のお蔭(かげ)でな、とレナルドは悪戯(いたずら)っぽく笑った。

「俺の分まで楽しんできてくれ。それで、いつかお前も結婚する時がきたら、昔は楽しかったなって話をしよう」

どこか清々しいほどの卒業宣言をしたレナルドに呆気にとられながら、シリルはふらふらと王宮を後にした。

レナルドはシリルにとって、無二の相棒といってもよい存在だった。レナルドとなら視線ひとつで互いの意図を察することが出来、何をするにもどこへ行くにも、誰より楽しかったのだ。

その夜、仮面舞踏会へ向かったシリルはひどく物足りない気分になった。いつものように自分の周りには女たちが寄ってくるし、ほかの遊び仲間とも適当に楽しんだのだが、一向に気分が盛り上がらない。

しかもそんな日に限って、賭けで大負けしてしまった。

「調子悪いな、シリル」

友人たちが笑う。シリルは負けたカードを握りつぶして、拳をごんとテーブルに打ち付けた。

「まだまだだ。これから取り返す！」

しかしその後も運は巡ってこず、見事に惨敗したのだった。

もう酒を呷るしかなく、高級娼館へ向かう友人たちの背中を虚しく見送って、シリルは自邸へとすごすごと帰った。

明け方にベッドへ横たわったシリルは、怒鳴り込んできた父の怒鳴り声で目を覚ました。

「――このごくつぶしの怠け者め！」

シリルは寝ぼけたままベッドの上で飛び上がった。酒が抜けておらず、頭がひどく痛む。

「うう……父上？」

「起きろ馬鹿者！　すぐに顔を洗って着替えろ！」

「……さっき寝たところでして」

すると父は手に持っていた書類を頭上に放り投げ、部屋中にまき散らした。

「一体いくら借金をするつもりだ！」

それはすべて証文だった。シリルが賭けで負けた金を借りた、借用書だ。

「これ以上お前の借金の肩代わりなどせんぞ！　二度とだ！　自分でなんとかしろ！　できなければ勘当だ、縁を切る！」

「あなた、やめてください！」

怒り心頭の父に母が飛びついた。

「落ち着いてください！　この子だって悪いと思って――」

「黙っていろ！　まったく、遊び歩いて賭け事と女にばかりうつつを抜かしおって……！」

シリルは頭にがんがんと響く父の声に顔をしかめながら、散らばった借用書をぼんやり眺めた。そこに書かれた数字の桁を数える。それが、何枚も。

気が付けばその額は、恐ろしいものになっていた。

「お前はボワイエ家の恥だ！　金を返すまでうちには帰ってくるな！」

地響きのような音を立ててドアが閉まり、父の姿は消えた。

もぞもぞと這うように起き上がったシリルは、顔を洗って着替えをし、少しはましな気分になって部屋を出た。しかしその途端、長兄のコルネイユに出くわしたのでシリルはついてない、と顔をしかめる。

ぴたりと撫でつけられた髪が、兄の神経質な雰囲気を一層引き立てている。その背後には、彼の息子である五歳のシャルルがくっついていた。コルネイユは二日酔いのシリルの顔を情けなさそうに眺め、これみよがしにため息をついた。母親似のシリルと違って、この兄は父に似ている。

「シリル、父上は今回ばかりはお前を許さないとお怒りだ。母上のとりなしにも期待するなよ。これ以上、我が子爵家の名に泥を塗らないでくれ」

それだけ言い捨ててさっさと行ってしまう。

シャルルは叔父の前にひょこんと立つと、ぴっと人差し指を突きつけ、

「ごくつぶしの怠け者め！」

と祖父の物まねをしてケラケラと笑った。

「こいつ」

シリルが摑みかかろうとすると、シャルルは素早くその腕を潜り抜けて、楽しそうに父のほうへ駆けていってしまった。

大きくため息をついて、シリルはがっくりとその場に座り込んだ。

「ああ〜〜」

大きく天を仰ぐ。

数日後、旅装に身を包んだカティア伯爵夫人の馬車の前にシリルは姿を現した。その手には、大きなトランクがひとつ。

「やっぱり来たわね」

夫人はわかっていた、というように微笑んだ。シリルは不承不承、馬車に乗り込む。

もう、これしか道はないようだった。

ネージュ家の所領は王国の最も北部にあり、そのほとんどが山岳地帯だった。周囲を取り巻く山脈の頂には白い雪が積もっているのが見えたが、地上にはまだその気配はない。

だが、吹き抜ける風の冷たさは都とは比べ物にならない。街道を行く馬車の中でシリルはひざ掛けをいくつも重ね、湯たんぽを抱えていた。その様子に向かいに座るカティア夫人が呆れた視線を向ける。

「情けないわねぇ」

「だから、俺は寒いのが苦手なの。それに、風邪でも引いたらわざわざこんな辺境まで来た目的が果たせない。俺の唯一の財産はこの体なんだからな！」

当然だ、というように胸を張る。

「北国育ちのお嬢様がそんな姿を見たら、一気に幻滅すると思うわよ」

「そのお嬢様の前では涼しい顔してみせるさ。――それで、ブランシュ嬢はどんな娘なんだ？」

「わからないわ。会ったことがないの」

「ネージュ家と親しいんじゃなかったのか」

「当主のエドガール様とはね。以前、六花城を訪ねた時はお嬢様が不在で会えなかったの」

「ネージュ家のエドガールといえば、かつては国一番の剣豪として名を馳せた方だよな」

「ええ、でももうお年で、最近は剣を持つことも難しいみたい。それで娘婿を急いで探しているのよ。ブランシュ嬢は遅くにできた一人娘で、大層可愛がってらっしゃるから。たとえブランシュ嬢に気に入られても、エドガール様のお眼鏡に適わなければ結婚は難しいわね」

「そこは当然、君が援護射撃をしてくれるんだろうね？　懇意なんだろう」

「昔、あの方が偽の絵を売られそうになっていたのを、私が気づいて止めたことがあってね。大したことじゃなかったのにすごく感謝されて。それ以来のお付き合いなんだけれど……そうねぇ、私はブランシュ嬢のことは知らないけれど、エドガール様に気に入られるには、やっぱり剣の腕が立つほうがいいでしょうね」

「剣ね……」

　正直、あまり得意ではない。

「あら、見えてきたわ。あれが六花城よ！」

　カティア夫人が窓の向こうを指さす。

　山に囲まれた盆地に大きな街が広がっていた。周囲で最も高い山を背にして、高台に白鳥が羽を広げたような白い城が聳えている。いくつもの尖塔が立ち並び、光を放つようにちかちかと煌めいている。見間違いかと思い、シリルは目を眇めた。

「……城が光ってる？」

「『雪の欠片』が外壁にちりばめられているの。雪が降った日なんて、それはもう幻想的で美しいわよ。雪とクリスタルが互いに光を反射しあって、虹色に輝くの」

　城下は思ったよりも賑わっていた。北の雪国というから陰鬱で暗い光景を想像していたのだが、中央広場には大きな騎馬像が据えられ、その周囲には多くの天幕が立ち並んでいる。人々はその合間を縫うように、それぞれの店を覗いていた。

「雪が降り積もって人の行き来ができなくなる前に、こうしてたくさんの商団がやってくるのよ。みんな、冬を越すためにいろいろ買いだめをするわ」

「行き来ができなくなる？」

「さっき通ってきた道は、真冬に雪が高く降り積もったら通行できなくなるの。代わりに湖が凍り付くから、そこを渡ってくる特別な商団もあるわ。そりでやってくるのよ」

「おいおい、雪が降ったらここに閉じ込められるってことか？」

「だからいいんじゃないの。閉ざされた世界、選択肢が限られた状況……それでこそ恋が急速に発展するのよ」

　うふふ、とカティア夫人が楽しそうに微笑んだ。

　六花城の門を潜ると、ほかにもいくつかの馬車が停まっているのが目に入った。降りてくるのは、どこぞの貴族の子弟らしき青年ばかりだ。

「ほら御覧なさい。あなたのライバルたちよ。今夜はブランシュ嬢を交えた舞踏会が開かれるから、皆気合を入れてるわ」

「ふーん……」

　荷物を下ろしていると、「やぁミレーヌ！」と大きな声が響いた。白髪の初老の男性が出てきて、カティア夫人と抱き合う。

「よく来てくれた！」

「お招きありがとう、エドガール」

　エドガールは年老いたとはいえさすがにかつて剣豪として名を馳せただけあり、どこか凄みを感じさせる貫禄があった。多少足取りはゆっくりしているが、ぴしりと伸びた背筋、厚みのあるがっしりとした体、鋭い眼光は威圧感がある。

「紹介させていただくわ。こちらは私の友人で、ボワイエ子爵家のシリル」

「お目にかかれて光栄です」

「ようこそ六花城へ。楽しんでいってくれ。二人とも、今夜の舞踏会には出席してくれるだろうね？」

「もちろん」

「ミレーヌ、実は新しい絵を買おうと思うんだが、君に目利きを頼みたいんだ」

「まぁ、またですか？」

「体が思うようにならなくなってから、私の楽しみといったらこれくらいなんだ。何より、君ほど確かな審美眼を持つ人はほかにいないよ。――じゃあ、また夜に」

シリルはカティア夫人と別れると、客間に案内された。大きなバルコニーがついていて、城の庭とその向こうにある城下町を見下ろせる。

「眺めがいいな」

「雪が降るととても綺麗ですよ」

荷物を持って案内してくれた若い下僕が、愛想よく言った。

「なぁ、聞きたいんだが、ブランシュ嬢はどんなお嬢様だ？」

すると下僕は「えっ」と変な声を上げる。

「ええと……お嬢様、は……そうですねぇ。……とても、美人で……えーと、優しくて……素晴らしい方！　……です」

「ほう、美人か」

「え、ええ。綺麗な黒髪でいらっしゃいます」

「ふーん、黒髪。嫌いじゃないな」

「で、では私はこれで失礼します……！」

下僕がどこか慌てたように部屋を出ていく。

シリルは今夜着る夜会服を取り出した。王都で最新流行の型で、淡いライラック色が自分の美貌(びぼう)をよく引き立ててくれるはずだ。

今夜が勝負だ。好印象を残さなくてはならない。ダンスの後、二人きりで庭に連れ出せれば勝ったも同然だ。

「待ってろよ、俺の金のなる木！」

シリルは拳を握りしめた。

日が暮れ、明々とした蠟燭(ろうそく)の火が城中に灯されていく。鏡の前で何度もおかしなところはないか確認すると、シリルは勇んで大広間へと向かった。

天鵞絨(ビロード)のカーテン、ダマスク織の長椅子(ながいす)、至る所に金の燭台(しょくだい)がこれでもかと並び、天井からは『雪の欠片』でできていると思われるシャンデリアがいくつも下がり蠟燭の火を弾いてオーロラのように輝いている。まるで昼間のように明るかった。

（この部屋だけでもとんでもない額になるな……）

ぐるりと周囲を見渡しながら、確かにこの北の果てにはとてつもない財力があるのだ、と確信する。ここに婿入りすれば、確実に一生遊んで暮らせるだろう。

すでに他の貴婦人と談笑していたカティア夫人がこちらに気づき、近づいてきた。

「まぁシリル。今日は一段と麗しいこと」

「あなたもとても美しい」

そう言って微笑むと、彼女の手の甲にキスを落とす。

「それで、ブランシュ嬢はどこに？」

「まだいらしてないみたいね」

「――おい、シリルじゃないか」

声をかけられ振り返る。

「久しぶりだな」

見たくない顔だったので、シリルは眉を寄せた。

「……やぁフェルナン。君も来てたのか」

フェルナンは少し垂れ目の、甘ったるい顔立ちをした青年だった。シリルとは王立学院に在籍している頃からの同期である。しかし、仲がよかったことは一度もない。

含みのある笑みを浮かべながら、フェルナンが言った。

「最後に会ったのはいつだっけ？」

「……さぁ、どうだったか。もう二年ほどは前じゃないか」

「ああ、そうそう。まだ暖かい頃だったよな。コレットと一緒に舟遊びをした記憶があるから」

シリルは思わずぴくりと眉を動かした。

コレットとは、フェルナンとどちらが先にものにできるかと競った女性の名だ。結果、彼女はあろうことかフェルナンを選んだ。シリルにとっては屈辱(くつじょく)の思い出だ。

「ここにいるということは、君もブランシュ嬢目当てかな」

フェルナンがそう言って、にやりと笑う。男爵家の次男であるフェルナンも立場はシリルと同じだ。できるだけ裕福な家の娘と結婚したいだろう。

「シリル、早く帰ったほうがいいと思うぞ。道が閉ざされてしまったら、冬の間やることもなく、一人寂しくここで過ごすことになってしまう」

「ああ、そうだなフェルナン。君も湖の上をそりで滑る練習をしておいたほうがいい。帰る方法はそれしかなくなるらしいから」

火花を散らして互いに激しくにらみ合う。

「ま、健闘を祈るよ」

じゃあな、と去っていくフェルナンに、シリルは心の中で舌を出した。

その時、当主のエドガールが広間に姿を現したので一斉に皆が視線を向けた。一緒に娘が出てくるのではと思ったが、彼の周囲にそれらしい影はない。

　エドガールもまた、きょろきょろと周囲を見回している。

「盛大な舞踏会ですこと」

　カティア夫人がエドガールに声をかけた。

「ああ、ありがたいことにね」

「お嬢様は？　まだいらっしゃってないようだけど」

「ああ……その……準備に手間取っているんだ。こうした場に出るのは初めてだからね」

　エドガールはそわそわと、近くにいた下僕を呼んで「様子を見てこい」と命じた。

「いいわねぇ、社交界デビューの娘さんを見るとわくわくしてしまうわ。きっと今頃、何度も鏡の前で自分の姿を見返して、カールが足りないとかこのドレスじゃなくてあちらがよかったとか、騒々しく侍女たちを翻弄しているんでしょ」

　カティア夫人は微笑ましそうに言った。

「君の時もそうだったのかい、ミレーヌ」

「ええ、それはもう大騒ぎで、期待で心臓が張り裂けそうだったわ。誰にもダンスに誘われなかったらどうしよう、と考えて不安になったものよ」

「そうか……しかし、うちの娘はどうかな……」

エドガールが困ったように頭を掻いた。

「旦那様、お嬢様がいらっしゃいました」

下僕がエドガールに耳打ちする。しかしその下僕の顔は妙に青い。

「そうか、やっと来たか」

「あの、旦那様……それが……」

シリルは目当ての令嬢の姿を捉えようと入り口の扉に目を向けた。出来れば自分好みの美人であってほしい、と心の中で願う。

ちょうど広間に入ってきたのは、藍色の正装に身を包んだ背の低い少年だった。黒い巻き毛に、大きな黒い瞳が印象的だ。

ブランシュ嬢らしき人物が一向に現れないので、シリルは落ち着かない気分になる。扉の向こうを何度も眺めたが、誰も出てはこない。

「――父上、遅くなりました」

先ほどの黒髪の少年が近づいてきて、エドガールに向かってにこりと笑った。

彼を見てエドガールは瞠目し、そして頭を抱えた。

「お前、なぜ……」

「こちらの可愛い方は？」

カティア夫人が尋ねる。するとエドガールが暗い表情で、

「……娘のブランシュです」

と重い息を吐いた。

「……娘？」

シリルは目を瞬かせた。

男物の夜会服、短く切られた髪、すらりとした小鹿のような体軀。どう見ても少年だった。しかし言われてみれば、確かに顔立ちが少女めいている――気もする。

「ブランシュ！　今夜のためのドレスを用意しただろう！　なぜそんな恰好で……」

「父上、何度言わせるんですか。ドレスなんて着たくありません」

ブランシュは父の隣のカティア夫人ににこりと微笑みかけた。

「初めまして、カティア夫人ですね？　父から話は伺っております。騙されかけた父を危ういところで助けていただいたそうで、感謝いたします」

その言いようも立ち振る舞いも大層凜々しい。カティア夫人も驚いていたものの、さすがに社交に慣れていて切り替えは早かった。手にしていた扇子を口元に当てて、面白そうに笑みを浮かべる。

「いいえ、大したことではございませんわ。あなたには是非お会いしたいと思っていたん

です、レディ・ブランシュ」

「どうかブランとお呼びください。僕はレディではありませんので」

するとブランシュは恭しくカティア夫人の手を取った。

「一曲お相手していただけませんか？」

カティア夫人は目を丸くしたが、呆然としているシリルにちらりと視線を送ると、

「喜んで」

と微笑んだ。

(面白がってる……)

ブランシュとともに広間の中央に進み出るカティア夫人の様子に、シリルは頭を抱えた。

音楽に合わせて二人が踊り始める。カティア夫人より少し背が低いブランシュだったが、さも当然のように堂々と男性パートをこなしていた。

その様子を眺めながら、エドガールが肩を落としている。

「あの、エドガール殿……あの方が本当に、その……ブランシュ嬢でいらっしゃるのですか？」

「お恥ずかしいところを……ええ、間違いなくあれが私の娘です。しかし幼い頃から、男の子の恰好をして過ごし、息子同然に振る舞っておりまして」

先ほどの下僕の反応を思い出して納得する。どんなお嬢様かと尋ねたら、ひどく困った様子でしどろもどろだった。

（合ってたのは黒髪ってところだけじゃないか！）

「娘も年頃ですから、このままではいけないと思いましてね。こうしてお披露目の場を作ってドレスを着せ、周囲からもレディとして扱われれば自覚が出るかと思ったのですが……」

　大きくため息をつく。

「あれは早くに母親を亡くしたもので、見本となる女性がいないのですよ。私の教育が行き届かず……」

「……あー、いいえ、エドガール殿、大変素敵なお嬢様ではないですか。男装している姿がとても美しいですよ」

　シリルはとりあえず笑みを浮かべて褒めたたえておいた。確かに色気はまったくないが、よく見れば顔立ちは整っているし、きちんと着飾ればそれなりになるだろう。何より、女としてはこれから成熟していく年頃だ。

（まぁ、男装ごっこが好きでもいい。どんな恰好だろうが中身は女。それなら俺にとっては同じことだ）

　ダンスが終わった。その頃には周囲にもあの少年のような人物がこの家の跡継ぎであるブランシュだ、と話が広がっていて、皆驚きの表情を彼女に向けている。

「――では明日は是非、ご一緒に遠乗りに出かけましょう」

「楽しみにしていますわ」

　二人は互いにお辞儀(じぎ)をした。戻ってきたカティア夫人を捕まえて、シリルは耳元で囁(ささや)く。

「俺に彼女を落とせと勧めた本人が、横からかっさらうとは」

「あら、いやだ。この城のプリンスからダンスを申し込まれて断るなんてありえないでしょ」

「プリンス？　プリンセスだろ」

「あーら、そのプリンセスはまた素敵なレディに声をかけているわね」

　見るとブランシュは、今度は別の貴婦人をダンスに誘っていた。

「あなたも頑張りなさいな、シリル。男じゃなくて女に負けてしまうわよ。ちなみに私は、明日の遠乗りのお約束を交わしたわ」

「まぁ見てろ。俺の手にかかれば、あの世間知らずの小娘にあっという間に女の顔をさせてみせるさ」

　ブランシュは新たに声をかけた貴婦人とダンスを始める。その様子を戸惑ったように幾人もの貴公子たちが見つめていた。フェルナンが前に出てきて、ダンスが終わるのを待っているのが目に入る。

(あいつ、次に声をかけるつもりだな)

そうはさせるか、とシリルは臨戦態勢に入った。

音楽が止む。ブランシュと貴婦人が互いにお辞儀をして離れた瞬間、シリルはブランシュに近づいた。

「レディ・ブランシュ、一曲お相手していただけますか?」

とびきりの笑顔を浮かべて、じっと見つめてやる。女たちは皆この一瞬で頬を染め、嬉しそうに手を取るのだ。

しかしブランシュはシリルに、虫けらでも見るような眼を向けて失笑した。

「――失礼。貴殿は男がお好きなのか?」

「……は?」

「あいにく、僕は男同士で踊る趣味はないのでね。――ああ、そこにいる彼に声をかけたらいい。きっと貴殿と同類だ」

そう言って顎をしゃくってフェルナンを示す。フェルナンは驚いたように目を白黒させた。

「いえ、レディ、私はあなたと――」

「僕はレディじゃない」

きっと睨みつけられ、シリルは浮かべた笑みが引きつってくる。

「いい機会だから、皆に宣言しておこう」

そう言ってブランシュは周囲を見渡し、声を張り上げた。

「僕はこのネージュ家の嫡男である。ここにいる男性諸氏はレディ・ブランシュとの婚姻をお考えかもしれないが、そのようなレディはここには存在しない。僕は誰とも結婚するつもりはない。それから、僕のことはブランと呼ぶように！」

彼女を取り囲んだ男たちは一様にぽかんとしている。

ブランシュはシリルに皮肉っぽい笑みを向けた。

「では、貴殿は男同士の熱い夜を楽しんでくれたまえ。……しかし、変わった趣味をお持ちだな。これほど美しいご婦人方が集まっているというのに、物好きなことだ」

くるりと背を向け、広間を出ていく。エドガールは顔に手を当ててうなだれていた。

シリルは愕然とその場に立ち尽くした。周囲からひそひそとした話し声と、微かな嘲笑が聞こえてくる。フェルナンがシリルを小突いた。

「よう、俺のことは誘わないでくれよ。そっちの趣味はないからな」

馬鹿にしたように笑う。

「お、お前～～！」

怒気を発するシリルを横目にフェルナンはさっさとその場を離れて、適当な貴婦人に声をかけ始める。

シリルは屈辱(くつじょく)に身を震わせた。

『王都一の色男』の異名は、明日には『王都一の男狂い』に変わってしまうかもしれなかった。

# 二章

「やられたわねぇ、あのプリンス・ブランに」

厩舎(きゅうしゃ)に入り、カティア夫人がおかしそうに笑いながら馬を撫(な)でる。

昨夜のブランシュとの約束通り遠乗りへ行くというので、シリルは彼女にくっついていくことにした。同じことを考えたブランシュ狙いの貴公子がほかにも三人いて、フェルナンも顔を見せていた。にやにやと小馬鹿にしたような表情でこちらを見ているフェルナンのことは無視する。

「頼む、隙(すき)を見て彼女と二人きりにしてくれ！　あとはなんとかするから」

「なんとかする？　できるかしらね」

くすくすとカティア夫人が笑った。

「君が俺をここに連れてきたんだぞ。手助けしてくれないのか？」

「はいはい。あなたのお手並み拝見ね」

外では馬に乗ったブランシュが待っていて、いつの間にか数が膨れ上がった参加者に少し目を瞠った。彼女は今日も相変わらず、黒の男物の乗馬服を纏っている。細身の体にそれは確かに似合っていて、どこからどう見ても年若い御曹司といった風情だった。

「人数が多いほうが楽しいでしょう？　私も素敵な殿方ばかりに囲まれて嬉しいわ」

カティア夫人が微笑む。ブランシュは冷たくじろりとシリルを見据えたが、夫人に対しては紳士らしい笑顔を向けた。

「森の奥にある泉まで競争しましょう。ここからはまっすぐ進めばいい。一番最後に辿り着いた者が、一番最初に着いた者の言うことをなんでも一つきく、というのはどうでしょう」

「あら、面白そう。よろしくって、皆さま？」

ブランシュの提案に夫人がシリルたちを振り返った。

「もちろん」

「いい余興です」

皆一様に余裕の顔をした。

「ああ、言い忘れてましたがこの森には時折狼が出る。十分気をつけてください」

「もし狼が出たら、俺が斬り伏せて御覧にいれますよ」

ブランシュの忠告に、フェルナンが意気揚々と言い放つ。

「ええ、安心してください。何があってもお守りしましょう」

負けじとシリルも声を上げた。二人は互いに睨み合う。

ブランシュの掛け声で、全員一気に駆けだした。

シリルはちらりとブランシュの姿に目を向ける。速い。そもそもこの道にも慣れているだろう。

（俺が一着になって、彼女が最後になれば！）

昨夜のことを皆の前で詫びさせてやろう。

高い生垣が立ちはだかった。ブランシュは軽々と馬を跳躍させる。

横乗りのカティア夫人はこれは無理だと判断し、遠回りをするようだった。男たちは負けていられないと競って生垣を越えた。

シリルも思い切り馬で跳んだ。しかし着地地点はぬかるんだ泥で、馬が足を滑らせる。

「うわあっ！」

世界が回った。シリルは馬の背中からぽーんと跳ね上げられて、泥に思い切り突っ込んでしまう。

「うう……」

呻きながらのそりと起き上がる。柔らかい場所に落ちたのは幸いだったが、そのせいで体中泥だらけだった。

「最悪……」

どろどろになった乗馬服を見下ろし、シリルは渋面を作って悪態をついた。馬は、と見回すと、興奮した様子でそのまま森の奥へと勝手に走っていってしまう。

「ま、待て！」

シリルは慌てて追いかけた。

結局、馬を見つけてようやく泉に辿り着いたのは、カティア夫人を含めて全員がすでに到着して火をおこし、軽食を広げて寛いでいる頃だった。

頭からつま先まで泥まみれのシリルの姿を見て、皆大いに笑った。

「やぁシリル、一体どこへ行ったのかと思ったよ。なんだいその恰好は。泥んこ遊びでも？」

フェルナンが腹を抱えて笑う。

「残念ながらあなたが最後よ。一着はもちろんブラン様」

カティア夫人が心得たように、ブランシュではなくブランと呼ぶ。泉の畔で岩に腰かけて温かなワインを飲んでいたブランシュは、面白そうにシリルを見上げた。

(――くそっ)

「さぁ、ひとつなんでも言うことをきかなくちゃ、シリル。ブラン様、どうなさいます?」

「そうだなぁ」

ブランシュは考えるように顎に手を当てた。

「その恰好で我が美しい城に入ってほしくない。シリル殿、この泉に入って汚れを落としてから帰ってくれるか」

「こ、この泉に……?」

シリルは泉に目を向けた。冬の北国で、冷え切った水に体を浸す者などいない。

「なんでも言うことをきくという約束だろう」

「そうだぞシリル!」

フェルナンと他の貴公子たちが囃し立てる。

(嘘だろ、心臓止まっちゃうよ!)

シリルは助けを求めてカティア夫人を見たが、夫人は楽しそうに笑って、早くやりなさいと目で促している。

「い、いや、しかしこのような時期に水浴びとは……」

「やるのか？　やらないのか？」

引きつった笑みを浮かべてなんとかこの事態を回避しようとしたシリルだったが、ブランシュはにべもなかった。

「もっと厳寒な、雪の積もった真冬にも、我が家に仕える騎士たちは皆この泉で身を清める」

「まぁ、本当ですか？」

「それができてこそ、我がネージュ家に仕える男として認められるのだ。僕も去年の冬にはここへ飛び込んだぞ」

（馬鹿じゃないのか！　無意味だろそんな我慢大会！）

心の中でシリルは叫んだ。

しかし、目の前の令嬢がやったというのに、自分がやらないわけにはいかない。

シリルはごくりと唾を飲み、意を決して泉の前に立った。

「早くやれー」

フェルナンの声が背後から聞こえる。むかっとしてシリルは拳を握った。冷たい風が泉の上を渡っていく。

「だあ――――――っ！」

声を上げて飛び込んだ。

ばしゃん！　と水が飛び跳ねる。後ろで笑い声が弾けた。

（あああああ！　めちゃくちゃ冷たい！）

泉の深さは腰まであった。頭まで潜って顔を出す。

ここにいつまでも浸かっているのは、どう考えても自殺行為だった。がたがたと身を震わせながら立ち上がると、ブランシュに向かって強張った笑みを浮かべた。

「こ、これで私も、ネージュ家の騎士と同等ということですね！」

「信じたのか、そんなことやるわけないだろ」

「……え？」

ブランシュは悪戯っ子のようにけらけらと笑った。

「真冬にはこの泉だってすっかり凍り付いてるさ！」

湯に浸かってようやく人心地付き、温かいワインを飲みながら、シリルは毛布に包まって暖炉の前に座り込んだ。

「……もう帰る」

ふくれっ面のシリルの頭を、カティア夫人が子供にするように撫でる。

「まだこれからじゃない」

「金があろうがあんな小娘……いや、あんな小僧はご免だ。俺は男を相手にする気はない」

「そう？　可愛らしいじゃないの。なんていうか、まだ新雪みたいに真っ新で」

「どこがだ！　どす黒いぜ！　……帰り道が雪で閉ざされる前に俺は失礼するよ。君は春までここにいればいいさ」

「帰ってどうするつもり？　あなた、家には戻れないんでしょ」

帰れば父の怒号と借金の取り立てが待っている。しかしこうも面目を潰されてこのままここに留まるのは、あまりに癪だった。

「エドガールに呼ばれているから、もう行くわね。絵の鑑定を頼まれてるの。あなたはどうする？」

「寒いから寝てる」

肩を竦めてカティア夫人は部屋を出て行った。

思い出すだけでむかむかする。ブランシュの、あの人を小馬鹿にしきった笑い顔。仮にもこちらは客人、そして目上の人間であるというのになんという態度だろう。

　シリルはしばらく部屋でごろごろとしていた。しかしやがて、一人ですることもなく退屈になってくる。仕方なく、ふらりと庭へ散歩に出ることにした。

（やっぱり、寒い……）

　分厚い外套を羽織って出てきたが、北風が身に染みた。

　頭上に広がる重苦しい空の色にため息をつく。広い庭もこの時期では木々の葉は落ち、花もなく、見ているだけで寒々しい。

（南の島に行きたい……そこで日を浴びながら陽気な女たちとバカンスを楽しむ……）

　ぶらぶらと敷地内を一周していると、使用人の出入りする小さな門が見えた。中を覗くと、井戸端で洗濯をしている者や、野菜の皮むきをしている者など、女中たちがたむろしていた。

　シリルは優雅な足取りで彼女たちに近づくと、「やぁ」と声をかけた。

　女中たちは、客人がこんな裏手に現れたことに一様に驚きの声を上げた。いずれも色白で、なるほど北国の女には色白美人が多いという噂に納得する。

「ま、まぁ、どうなさいました」

「いや、ちょっと散歩していてね。そしたら楽しそうな声が聞こえたものだから。庭は枯れ枝ばかりだったけれど、ここだけは花が咲いたようだね」

微笑むと、若い娘たちがはにかんだように笑って頬を赤らめた。

(そうそう、こういう反応が普通なんだよ)

「この城へ来たのは初めてなんだ。このあたりでどこか、お勧めの場所はある？」

娘たちは嬉しそうに声を上げた。

「城下にある工房に行かれては？　雪の欠片を作っているところを見学できます」

「へぇ、製法は門外不出と聞いたけれど」

「ええ、すべては見れないんですけど。成型のところだけは見れるんです。あとは、いくつかの名品の展示や、購入もできますよ」

「最近できた占いの館も評判です。よく当たるって。特に恋占い」

「占い？　楽しそうだね。誰か道案内がてら、一緒に行ってくれる？」

頬を染めながらきゃあきゃあと騒ぐ女中たちの姿に、どこか安心する。自分の魅力がこの北の地では通じないのかと不安になっていたが、そうではないらしい。

「ところで……ブランシュ嬢っていつもあんなふうなの？」

「ブラン様ですか？」

「君たちもそう呼んでいるのか」

「あの方は小さな頃から、お嬢様ではなくこの六花城の若君様でしたから」

皆微笑ましそうにくすくす笑った。

「ブランシュ様って呼ぶと、こちらに顔も向けてくれません」

「本当にそうなのか？　他所から来た俺たちを煙に巻こうとしているのかと」

「あら、ではあなた様もブラン様狙いでいらっしゃったのですね？　残念ながら、あの方は普通のお嬢様とはまったく違いますわ。――失礼ですが剣の腕前は？」

「まぁ、そこそこ」

「ブラン様はお強いですよ。旦那様から直々に手ほどきを受けられて、並みの男性ではかないません。今では、まともにやりあえるのはアリスティド様くらいです」

「アリスティド？　誰だ？」

「旦那様にお仕えする騎士団長です。とってもお強いんですよ」

「ふうん。しかし、彼女は女の子だろ？　どうしてあんなふうに振る舞うんだろうね」

シリルは近くにいた若い娘の巻毛を、ついと指に絡めた。

「こんなふうに美しい長い髪こそ、女性を愛らしく見せるのに……」

娘は頰を染め、恥ずかしそうに上目遣いでシリルを見つめた。

「ブラン様が男の子の恰好をするのは、旦那様のためですわ」

「エドガール殿の？」

「旦那様は跡継ぎの男子を望んでいらっしゃったんです。でも、ブラン様以外にお子が授からなくて。それでブラン様は、自分が娘ではなく息子になろうと……」

「旦那様もなんだかんだ、それを喜んでらしたわよね」

「それで、いつの間にか今のような有り様が、六花城では普通になったんです」

「ふぅん、なるほどねぇ。……でもやっぱり俺は、君たちみたいな可愛い女の子と一緒にいるほうが好きだな。またここに来ても？」

皆嬉しそうに顔を見合わせる。

「あら、こんなところにいらっしゃるなんて……」

「今度はそこの入り口から、使用人のホールにいらしてくださいな。お茶をお出ししますわ」

「嬉しいな。ありがとう」

笑顔で手を振って、シリルは少し回復した自信でほくほくとした気分だった。

城の外郭(がいかく)までやってくると、突然角からフェルナンが飛び出してきたのでシリルは驚いた。見ればフェルナンはあちこち傷だらけで、痛そうに足を引きずっている。

「フェルナン？　どうしたんだ、それ」

「……なんでもない」

痛みに顔をしかめながら、フェルナンはシリルの脇をすり抜けていった。

（なんだあいつ？）

フェルナンがやってきた方向から、剣を交える音がする。シリルはふらりと音のするほうへ足を向けた。

兵士の鍛錬場だった。打ち合っているのはブランシュと、そしてシリル同様に彼女に求婚するためにここへやってきたであろう、どこかの家の次男坊だ。ブランシュは矢継ぎ早に剣を打ち下ろし、青年は防戦一方である。激しい一撃で青年が倒れこむと、周囲で観戦していた兵士たちが歓声を上げた。

ブランシュは息を吐いて、剣を鞘に納める。

「あなたの負けですね。さぁ約束ですよ。僕と結婚するなんて諦めて、早々に城を去ってください」

倒れた青年は先ほどのフェルナンと同じような有様だった。

（なるほど、フェルナンも負けたんだな）

「さぁ次は？」

ブランシュにそう言って促された別の青年は、青い顔をして、

「いや……私はその……遠慮しておきます」

とその場をそそくさと立ち去った。

(俺も遠慮する)

シリルは眉を寄せて、くるりと鍛錬場に背を向けた。

自分の腕がどの程度のものかわからないほど愚かではなかった。女に負けたとなっては恥だ。

そのまま城下へと向かうことにした。暇つぶしに、先ほど女中たちに聞いた工房にでも行ってみることにする。

(ああ、まったく何しにこんな北国までやってきたんだ……)

工房は広場から少し道を入った坂の途中にあり、相当に広い敷地を有していた。三階建ての煉瓦造りの建物、その奥にはいくつもの煙突が突き出た横に長い平屋が見えた。あれが作業場だろうか。

(しかしなぁ、高価なクリスタルを買うような金もないし……)

門を潜ろうとした時、突然足元に、ころころとジャガイモがひとつ転がってきた。シリルは訝しんでそれを拾い上げる。

「……?」

「すみません!」

かけられた声に顔を上げる。シリルは、目に飛び込んできた光景にぎょっとした。

坂の上から、ジャガイモの大群が跳ねるように坂道を転がり落ちてきたのだ。そして、それを必死で追いかけてくる女がいる。

シリルは慌てて、自分のほうに転がってきたジャガイモを拾い上げる。まるで生き物のようにあっちこっちへ散らばっていくジャガイモを捕獲するのは、なかなかに骨の折れる作業だった。

ようやく二人ですべて拾い終える。女は手にしていた籠にそれらを収めると、ほっとしたように息をついた。

「ああ、ありがとうございます。助かりました」

なかなかの美人だった。栗色の髪を編み込んでまとめた清楚な風貌で、年齢は自分とそう変わらないだろう。シリルはふと、懐かしさのようなものを覚えた。

何故だろうと思ってよくよく彼女の顔を眺めると、理由に思い当たった。あの初恋の相手と、面差しが少し似ているのだ。

「あの……？」

じろじろと見過ぎたらしい。怪訝そうな女の様子に、シリルははたと笑顔を浮かべて取り繕う。

「ああ、いえ。……えーと、『雪の欠片』の工房はここですよね？」

「ええ、そうです」

「ありがとう。それじゃ」

　女もぺこりと頭を下げて、坂を下っていく。

　ところが次の瞬間、彼女は何もないところで大きく躓いたと思うと、手にしていた籠を見事にひっくり返した。

「きゃあ！」

　再び坂道を転がり始めたジャガイモを、シリルは慌てて追いかけた。周囲の通行人の協力も得て再びすべてを拾い上げる頃には、シリルはすっかり息を切らしていた。

「ご、ごめんなさい。何度も」

「いえ、いいんですよ。じゃあ今度こそ、お気をつけて」

「ありがとうございました」

　何度も頭を下げる女と別れたものの、シリルは心配になって思わず振り返った。

　彼女は広場を通り過ぎていく。すると向かいからやってきた散歩中の犬に吠えられ、びっくりして籠を取り落とした。再び中身が石畳にぶちまけられる様に、シリルは嘘だろ、と思いながら思わず噴き出した。

ため息をついて地面に膝をつく女に、シリルは近づいた。拾い上げたジャガイモを籠に放り込んでやる。

「あ……まぁ。本当に何度も、ご親切に」

女はシリルの顔を見て、申し訳なさそうに言った。

「いや、ある意味奇跡的なものを見せてもらったよ。何か運が向いてきそうな気さえする」

「すみません……私っていつもこうなんです。子どもの頃から、親にはお前は何やってもドジなんだからって言われて……」

そう言って肩を竦(すく)める。

シリルはすべてを収めた籠を持ち上げた。

「家は近く?」

「ええ、すぐそこです。本当にありがとうございました」

「じゃ、そこまで運ぶよ」

「いえ、そんな！　そこまでご迷惑をかけられません！」

慌てて籠に手を伸ばす女に、シリルは籠を高く持ち上げながら極上(ごくじょう)の微笑(ほほえ)みを向けた。

「いえ、このまま見送ると、夢に出てきそうなのでね。……あと何回この無限ループが続くのかと」

女は苦笑いをして、ありがとう、と頭を下げた。二人は並んで歩き出す。

「俺はシリル・ボワイエ。この街には来たばかりなんだ」

「ロアナ・クルティーヌです。……もしかしてお城のお客様？」

「よくわかるね」

「王都からいらっしゃったんでしょう？　この冬は、王都からやってきた垢ぬけた貴公子たちが列をなしていると噂です」

「そんなことが噂に？」

「それはもう。ついに若君が結婚されるのかと」

「街の連中まで彼女を若君と？　これは筋金入りだな」

「皆あの方が大好きなんです。──あ、ここがうちです」

小さな長屋のひとつだった。白壁に緑の窓枠、その下には慎ましく小さな鉢植えが並んでいる。裕福とまではいえないが、暮らし向きに困るほどではない、という風情だ。

「お礼にお茶を淹れますから、どうぞ上がってください」

「初対面の男を家に入れるのは不用心では？」

するとロアナはくすりと笑った。

「三度も私のジャガイモ拾いに付き合ってくれた方が、悪い方とは思えませんわ。それに、お城のお客様でしたら身許は確かでしょう。私の夫はあの城の家令でしたから、何かあればすぐにエドガール様に訴えます」

夫、と聞いてシリルは内心がっかりした。人妻と関係を持つのはやぶさかではないのだが、面倒はないにこしたことはない。何よりカティア夫人のような貴族の人妻は遊びを心得ているが、市井の人妻ではそうもいかないだろう。

「旦那さんは、今は仕事中ですか？」

「二年前に亡くなりました。……事故で」

未亡人か、と気持ちが明るくなる。

「それはお気の毒に。今はこちらに一人で？」

「昨年までは母と一緒に暮らしていたんですけど、その母も亡くなりました。どうぞお掛けになって。――ああ、籠はそこへ置いてください」

ロアナは家に入るとキッチンへ向かい、お湯を沸かし始めた。

小さな暖炉のある居間は居心地よく整えられ、手作りの花柄のクッションカバーやテーブルクロスが温かみのある風景を作り出している。やりかけの編み物が投げ出してあるのも微笑ましい。壁には、広場の風景を象ったと思われる緻密な切り絵が額に入れて飾ってあった。

シリルはお茶を淹れるロアナの姿を眺めた。

家庭的で清楚な美人。今まであまり出会わなかったタイプだ。また転ばないように注意しているのか、恐々とお盆に載せたカップを運んでくる姿が面白かった。シリルは笑いを嚙み殺す。

「手伝う?」

「い、いいえ、大丈夫です。さすがに自分の家の中では……」

そう言ってテーブルにカップを置くことに成功すると、ほっとした表情を浮かべた。

「工房を見学にいらしたの?」

「ええ、時間を持て余していたもので」

ぴんときたように、ロアナは苦笑した。

「若君に相手にされませんでしたか?」

シリルは目を泳がせた。

「……ああ~、確かに求婚者たちは皆見事に玉砕していたようですが。俺は知り合いの付き添いで来たんですよ。北国で過ごすのもたまには面白いかと」

ダンスを断られ、泥まみれになって冬の冷え切った泉に飛び込まされたなどとは言えない。

「自分を男だと自称する令嬢では、なかなか難しいでしょうね」

「お父様想いでいらっしゃるんです。とてもよい方ですよ」

「彼女と仲がいいんですか？」

「そういうわけではありませんが、小さな頃から存じ上げてます。可愛らしい方ですよ」

周囲がそんなふうに甘やかすからあんな人間になるのだ、とシリルは内心で罵った。

その後も軽い世間話をしていると、いつの間にか窓の外は暗くなり始めていた。

「──ごちそうさまでした。俺はそろそろ城に戻ります」

「あら、お引き止めしてしまってすみません。工房はもう閉まってしまいましたね」

「いいんです、またそのうち行ってみますよ」

「あの……工房で働いているジャンという職人が、古い友人なんです。私の名を出していただければ、いろいろと案内してくれると思います。それに、何かお買い求めになるのでしたら、お値引きも少しは」

「これはどうも、ありがとうございます」

「こちらこそ、今日はありがとう」

ロアナに見送られて家を後にした。

（うん、これは悪くないぞ）

冬の間の楽しみが見つかりそうだった。

うきうきした気分で城に戻る。

先ほどの鍛錬場を通りかかると、ブランシュの姿があったので少し驚いた。あれからずっとここにいるのだろうか。

彼女は剣を両手で握り締め、真剣な顔で相対する男に向き合っている。相手はかなり長身の、立派な体格をした若い男だ。

二人は互いに激しく打ち合っていたが、明らかに男のほうが優勢だった。

（お、いいぞ。やれやれ）

先ほどまで男たちを軽々と倒していたブランシュが、苦しそうにしているのは愉快な気分だった。男の剣に吹き飛ばされ、尻餅をつくと、ブランシュは意外にも嬉しそうに笑った。

「——ああ、アリスティドにはやっぱり敵わないな」

「さすがに、負けるわけにはまいりませんので」

男が手を差し出すと、ブランシュは少し頬を赤らめてその手を取った。引っ張られて立ち上がる。

（アリスティド……騎士団長と言ってたな。あれが……）

想像していたより随分若い。シリルより少し年上くらいだろうか。

黒衣を纏ったアリスティドはその黒髪と黒い瞳が相まって、全体的に暗く陰鬱な印象だった。険しい表情は元からだろうか、鋭い眼光はさすが騎士団長といった感じだ。

「客人たちを怪我させたと聞きましたが」

「皆、僕よりも体格がよかったんだぞ。それで僕より弱いんだから、仕方がないさ」

「怪我は？」

「え？」

「ブラン様に怪我はありませんでしたか？」

「あ……うん。だ、大丈夫……」

（……ん？）

シリルは二人が話している様子を眺めながら首を傾げた。ブランシュの様子がこれまでとまったく違って見える。なんだか頬が赤いし、目は潤んで、何より——そう、初めて女の子の顔に見えた。恰好は何も変わっていないのに。

「それならよかった。しかし、あまりやりすぎませんように。彼らはそれぞれ名家の子弟です。恨みを買うようなことになれば、お父上の立場が悪くなるやも」

「……僕に求婚なんてしてくるのが悪いんだよ」

拗ねたように口を尖らせ、ブランシュは目をそらした。

「アリスティドはどう思う。その……僕が誰かと結婚するって……」

「──団長、エドガール様がお呼びです！」

やってきた兵士がアリスティドに声をかける。

「わかった。──ではブラン様、今日の稽古はここまでに。失礼します」

「あ、ああ」

アリスティドは、入り口の門に寄りかかっていたシリルの傍らを通り過ぎていく。近くで見ると、シリルより頭一つ分背が高く、思わず見上げた。

ブランシュはというと、そんなアリスティドの背中をぼんやりと見送っている。シリルの姿など目に映っている様子もない。

（ははぁ……そういうこと）

それはどう見ても、恋する少女の顔だった。


城の庭には、立派な温室が建っていた。赤煉瓦造りの壁の南側には大きなアーチ形の窓がはめ込まれ、鉢に植えられた花や果実が所狭しと栽培されている。シリルは毎日、散歩がてらに女中たちとのお喋りを楽しんだ後、寒さをしのぐためにここで休憩するようになっていた。

(今日はこの後、ロアナのところへ行ってみるか……)

温室で育てている花を手土産にしてもいいか、エドガールに尋ねてみよう、と手近な花弁の香りを楽しみながら考える。

結局、王都へ帰るという宣言はすぐに撤回したシリルだったが、もはやブランシュ争奪戦からは完全に一線を引いていた。フェルナンたちはいまだに彼女に付きまとってなんとか挽回しようとしているようだったが、それを遠目に眺めてこっそりと笑う日々だ。

(頑張っても無駄だろうに。あのお嬢さんは、騎士団長に夢中なんだから……)

結婚をしないと宣言したのも、男たちを寄せ付けないのも、すべてあの男のためなのだろう。ただしアリスティドのほうはというと、あくまで仕える主の子に対する礼節以上の態度は見当たらない。残念ながら、ブランシュの完全な片想いだろう。

(初恋は実らない……あぁ、そんなもんだろう)

シリルは温室に据えられたベンチにごろりと横になる。暖かさが心地よくて、いつの間にかそのままうとうとと眠ってしまった。

「――僕と一緒に、その、弟月祭に……」

誰かの声が聞こえて、シリルは薄っすらと目を開けた。

どれくらい眠っていただろう、と目を擦り、辺りを見回す。すると、並べられた鉢植えの向こうに人影があることに気づいた。

「ええと、よかったら一緒に、夜店を回らない？」

ブランシュだった。

誰かと話しているのか、と思ったが、ほかには誰の姿もない。一人で植物の間を行ったり来たりしながら、ぶつぶつと呟いている。

「ねぇアリスティド、弟月祭は当然行くだろう？　今年も父上のお供だろうけど、それが終わったらさ、二人で……」

表情を曇らせ、ため息をつく。「違う」とか「もっと自然に」と自分に言い聞かせている。鬱蒼とした植物の陰に覆い隠されて、シリルがいることに気づいていないらしい。

その様子から、シリルはぴんときた。

（あの騎士団長を誘う文句の練習中？）

「……あのさ、都から来たやつらがしつこいんだ。一人でいると面倒で……だから今度の弟月祭の間、一緒にいてくれない？　……これならおかしくないかな」

百面相をしている様子が面白くて、シリルは身を潜ませたまま笑みを浮かべた。

「もっと素直な感じがいいかな……えーと、その、アリスティドと一緒に行きたいなぁって……」

そう言って、ブランシュは顔を真っ赤にして両手で頬を押さえた。

「わあああ！　だめだ、こんなこと絶対言えないぃぃ！」

ぶんぶんと頭を振って悶えるブランシュの姿に、シリルは思わず噴き出した。するとブランシュははっと顔を上げて、「誰だ!?」と叫んだ。

しまった、と思ったが、シリルは何食わぬ顔で立ち上がった。そうして緑の合間から、ゆったりと優雅な所作で姿を現す。

「……失礼。うたた寝をしていましてね。目が覚めたら思いがけない一人芝居が始まっていて、出るに出られず……」

「お前は──」

ブランシュは目を見開き、かあっと顔を真っ赤に染めた。

「い、今の、み、み、見て……」

「ご安心ください。言いふらしたりなんて——ましてお父上や、アリスティド殿に話したりなんて、そんなことは——絶っっ対、しませんから」

にっこりと笑うシリルの表情には、悪意が満ちていた。

「くっ……」

拳を握りしめ、ブランシュは赤くなったり青くなったりした。

「何かお祭りがあるのですか？　そうですか、なるほどなるほど……ふぅん……それでアリスティド殿を誘いたい、と……へぇ～……」

何か言いたげな様子のシリルに、たまりかねたようにブランが声を上げる。

「……の、望みがあるならできる限りのことはする！　だから頼む、今のことは誰にも……」

「おやおや、俺は何もそんなことを要求したつもりはないんですけどねぇ」

シリルは白々しく顎（あご）を摩（さす）る。

「いやぁ、しかし折角（せっかく）のご提案を無駄にしては失礼ですよね！　——それで、どんな望みでも叶えていただけるんですか？」

「あっ……け、結婚はしないぞ！　だからそれ以外で……」

「ご安心ください、俺もあなたとの結婚は望んでいませんから。しかし、そうですねぇ

「……」

　もったいつけて間を置いた。ブランシュが、じりじりと不安そうにしているのがわかる。大層愉快だった。

「では、膝をついて詫びていただけますか？」

「なんだと？」

　にやにやとブランシュを見下ろす。

「先日の無礼を心から詫びてください。そうしたら、この口に鍵をかけて差し上げましょう」

　シリルはそう言って、ひとさし指を自分の唇に当てる。

　ブランシュは黙り込んだ。半開きの口が、わなわなと震えている。

「嫌なら結構です。……さーて、ちょっと鍛錬場にでも行ってみようかな～」

　軽い足取りで温室を出ていこうとするシリルに、ブランシュは慌てて飛びついた。

「ま、待て！」

　必死の形相のブランシュを見下ろす。ひどく煩悶しているらしい。

「なんでしょう？」

　あえて冷たく言い放つ。

やがて彼女は歯を食いしばりながら、その場にがくりと膝をついた。

「……す、すまなかった」

「おや、声が小さいようで」

「悪かった！　この通りだ！」

（勝った……！）

せいせいした気分だった。

しかも、いずれこの北国の大領主となる人物の若かりし頃の恥ずかしいネタを手にしたとなれば、将来的にも何かと立場を優位に保てるかもしれない。

「いいでしょう。頭を上げてください」

屈辱に顔を歪ませる少女に、シリルは上から目線の鷹揚な態度を取った。

「ほ、本当に誰にも言わないだろうな」

「言いませんよ。僭越ながら俺も、陰ながらアリスティド殿が誘いに乗ってくれることを祈ります」

「…………無理だ」

ブランシュはため息をつき、暗い表情を浮かべた。

「わかってるんだ。アリスティドはきっと断る」

「他の女性と一緒に街へ繰り出すかもしれない？」

するとブランシュは、きっとシリルを睨みつけた。

「そうじゃない！　毎年、父上の警護とか、市中の見回りとか、仕事にかかりきりなんだ。皆この夜は羽目を外すのが普通なのに、彼は絶対そうしないんだから！」

しかしそんな彼が好ましいのだ、というのが伝わってくる言い方だった。

（なるほど、真面目な堅物なんだな）

シリルはふと、ちょっとした悪ふざけを思いつきにやりとした。

「……ではブランシュ……んんっ！　じゃない、ブラン様。俺がよい策を授けてさしあげましょう」

「策？」

「これでも俺は、王都では知られた恋愛の達人でね。『王都一の色男』と呼ばれています。俺にかかればどんな美女も籠絡できる」

ブランシュは胡散臭そうな目でシリルを見る。

「は？　お前が？」

目の前にまったく籠絡できなかった娘がいるので、シリルは少し視線を泳がせた。

「あー……お疑いなら、カティア夫人や、他の都から来た客人たちに聞いてみてください。

——とはいえ彼らが知らないことがあります。俺がどうやって数々の美女をものにしてきたか？　実は……ある魔法を知っているからなんです」

「魔法だと？」

さらに怪訝そうにブランシュは目を眇めた。

シリルは空の両手を開いて彼女の前に掲げ、さっと何かを掬い上げるような動作をして拳を握った。次に手を開くと、左手に銀の懐中時計が現れる。

「！」

簡単な手品だったが、ブランシュは驚いてまじまじと時計とシリルを見返した。何もない空中から取り出したように見えただろう。

「これは、魔法の時計です」

もっともらしく笑みを浮かべる。実際は兄のお下がりでもらった、何の変哲もない時計である。

「見てください。ここに竜頭があるでしょう？　これを押しながら、相手に声をかけるんです。するとその相手は、必ず色よい返事をくれるんですよ」

「そんなこと、あるわけがない」

ブランシュは疑わしそうに言った。

「これは我が子爵家に伝わる秘蔵の品でして。父も祖父も、この時計のお蔭で美女と名高い貴婦人を射止めてきました。どうです、俺の整った顔を見れば、我が両親の麗しさもお分かりになるでしょう？」

自信満々に自分の顔面を褒め称えるシリルに、ブランシュは少し呆れた表情を浮かべた。咳払いをして、シリルは彼女の手を取り恭しく時計を載せてやる。

「お貸ししましょう。是非試してみてください」

「……秘蔵の品なんだろう？　なぜ僕に貸してくれるんだ」

「是非仕切り直させてほしいんですよ。俺は他の者とは違って、あなたに求婚を迫るつもりはありません。ですが折角の出会いですから、よい友人になれればと思っています」

いまだに疑わしそうな顔をしながらも、ブランシュは、

「……考えておく。一応、これは預かっておこう」

と言って温室を出て行った。

彼女を見送り、静まり返った温室の中で、シリルは可笑しくて堪らないというようにくつくつと笑った。

そんな時計があるなら、ブランシュをとっくに口説き落としているというものだ。

そして、はたと気がつく。

（しまった！　詫びを入れさせるより、借金の肩代わりを頼めばよかった……！）

シリルは頭を抱え、そしてがっくりと項垂れた。


「弟月祭は、毎年初雪の降る頃に行われるんです。山の上から雪を運んできて雪像を作ったり、たくさんの出店が出て。広場では『雪の欠片』の品評会があるんですけど、職人にとってはここで一等を獲ることが最高の栄誉なんですよ」

ロアナは暖炉に薪をくべながら説明した。

「へぇ。君も行くの？」

「いえ、私は……子どもの頃に散々行きましたし、人が多くて疲れるので」

「案内してほしいな」

「城女中のシルヴィーとは友だちなんですが、彼女が言ってましたよ。シリルさんはいつも使用人部屋を訪ねてきてくれて、他の貴公子たちと違って気さくでよい方だって。彼女なら上手に案内してくれると思います」

あっさりと躱される。ここのところやりすぎない程度に彼女の家に通っているのだが、ロアナはシリルに対して一向になびく気配がなかった。

（死んだ夫への操立てかな）

簡単に落とすのも面白くないので、これはこれで楽しんでいた。

シリルはふと眉を寄せた。

「……なんだか焦げ臭いような」

はっとしてロアナの腕を引き、暖炉から引き離す。ロアナが小さく悲鳴を上げた。

見れば、彼女の長いスカートの端が焦げ付いている。

「ああ、またやっちゃった……」

ロアナがスカートを持ち上げて、がっくりと肩を落とした。

「私の冬服ときたら、どれも焼け焦げだらけ」

「いつもこう？」

「子どもの頃は、いつか火だるまになって死ぬんじゃないかと皆に言われてました……」

「君が燃えなくてなによりだ」

極上の笑顔を浮かべてロアナの肩に手をかけようとするが、ロアナはさっと身を躱して裁縫道具を探しに行ってしまった。行き場を失った手で拳を作り、シリルは俄然やる気に火が付くのを感じていた。

（冬はまだ始まったばかりだ……）

ロアナに別れを告げて城へ戻り、彼女が話していたシルヴィーに会いにいこうと裏門へと回る。友人だというなら、何か彼女に関する話が聞けるだろう。

「アリスティド、待って！」

噴水のそばを通りかかった時、声がした。噴水といっても凍結防止のために水が止められていて、今は大きな石造物でしかない。

噴水を囲む生垣の向こうをブランシュが駆けていって、前を行くアリスティドの長身が振り返るのが見えた。

「ブラン様。どうしました？」

「あ、あのさ……」

ブランシュはどぎまぎしたように視線を逸らす。シリルは気配を消して、そっと生垣の端から覗きこんだ。

よく見るとブランシュは両手を後ろに回し、シリルが渡した銀の懐中時計を握りしめている。竜頭を押したのに気づいたシリルは思わず声を上げそうになって、自分の口を手で塞いだ。

（えええええ！　本当にやってるうぅ！）

あんな作り話、今時子どもでも信じないだろう。

「そのぅ、アリスティド、今度の弟月祭なんだけどさ……あの、父上は品評会の表彰だけしてすぐに城に戻るって言ってただろ？　護衛の任務は早く終わるだろうし、それで……えっと、よかったら一緒に……夜店を回らないか？　ア、アリスティドはきっと警備のために巡回するだろ？　どうせなら一緒に……」

ブランシュは頰を染めてしどろもどろになっている。

（おいおいー！　素直かよ！）

シリルはブランシュがぎゅっと時計を握りしめている様子に、心の中で突っ込んだ。笑ってはいけない、となんとか堪える。

「……えっと、あの、都から来た連中がしつこくて。ついてこようとして邪魔だからさ、一緒にいてくれると助かるんだけど……」

覗き見しているこっちまで、何故だかそわそわとした。

アリスティドは答えない。焦れたブランシュの緊張が、痛い程伝わってくる。

いつの間にかシリルも、息を詰めていた。

なんだか昔の自分を見ている気分だった。初めて恋した女性に話しかける時、誘い出す時、どれほど緊張しただろう。言葉はうまく出てこなかったし、足は震えて、きっとひどくみっともなかっただろう。

空気に耐え切れなくなったらしいブランシュが、さっと俯く。

「あの……いや、いいんだ。無理には……」

「わかりました。ご一緒しましょう」

「――えっ」

ぱっとブランシュは顔を上げた。

「ほ、本当?」

「はい」

ブランシュの表情が輝く。

「じゃ、じゃあ、品評会が終わったら、広場で!」

「わかりました」

去っていくアリスティドの姿を見送りながら、ブランシュはぼうっとした様子で立ち尽くしていた。

輝く瞳に紅潮した頬、喜びに緩む唇――その表情に、シリルは思わず見入った。

きっと今、彼女は不思議な浮遊感の中にいるだろう。自分をとりまく世界がすべて、昨日までとはまったく違って見える。アリスティドの一言で、天に昇ったり奈落の底へ落ちたりする。

恐らく自分も、かつてはあんな顔をしていたのだ。

「――あっ」

ブランシュがこちらに気がついた。シリルはぎくりとしたが、彼女は嬉しそうに駆け寄ってくる。

「すごい、すごいぞ！　この時計！」

手にした時計を抱きしめるようにして、ブランシュはぴょんぴょんと跳ねた。

「礼を言う！　お前のお蔭(かげ)でいい返事がもらえた！」

「そ、そうですか」

（嘘なんだけどなー……まぁ、そう思ってるなら、それでいいか）

少しの罪悪感を覚えながら、シリルは笑みを浮かべた。

「なぁ、これ、もう少し借りてもいいか？」

「あー……どうぞどうぞ。なんでしたら、差し上げますよ」

「えっ、いいのか？」

「そろそろ手放そうと思っていたんです。……えーと、同じ人間が使い続けると効果が弱まるらしくて」

「そうなのか……でも、なんだか悪いな」

「お気になさらず」

「――じゃあ、代わりにこれを」

　ブランシュはそう言って、首にかけていたネックレスを外した。

　衣服の内側に入っていて気づかなかったが、それは明らかに『雪の欠片』だった。爪ほどに小さいけれど美しく八角形にカットされていて、ちかちかと眩い輝きを放っている。

　ブランシュはおもむろにそれを手に取ると、ぐっと差し出した。

「これをやる」

「え、でもこれは……」

　小ぶりとはいえ相当な値がつくはずだ。

「気にするな。これは僕が以前、工房で作ったものだ。自分でも作ってみたくて……ちょっと不恰好だが」

「しかし」

「魔法の時計には見合わないかもしれないが、受け取ってくれ」

　すっかり信じ込んでいるブランシュは、何の含みも感じられない感謝の意を込めた真っ直ぐな目でシリルを見上げている。

（うわー、まずい！　なんかもう、嘘だって言えない、絶対）

シリルは少し表情を引きつらせて、「ありがとうございます」と受け取った。

はあっと緊張を解くように息を吐き、ブランシュは湧き上がる笑顔を浮かべた。

「ああ、楽しみだな……！」

シリルはどきりとした。

それは、もう長いことシリルが忘れていた喜びに満ちている。

「じゃあ、またな。――シリル」

「あ……はい」

名前を憶えていたのか、と少し意外に思う。

ブランシュは大きく手を振って去っていく。その足取りの軽いこと、野兎のようだ。

手にした雪の欠片を眺める。本物の雪のように、ひんやりとした冷たい感触がする。

シリルは苦笑して、それをポケットにしまい込んだ。

# 三章

弟月祭の当日は凍えるように寒かった。

そんな寒気には慣れているのか、人々は煌びやかに飾り付けられた街を笑顔でそぞろ歩いている。広場では出品された雪の欠片の作品が集められていて、人だかりができていた。

今日のメインイベントは、そこで優勝者をエドガールが表彰することらしい。ちらりと覗き込むと、出品された作品は実に多種多様で、女神像、装身具一式、獅子像、ランプ、さらには何故かバスタブ……と大小入り乱れている。

分厚い外套を着こんだシリルはそんな広場を通り抜け、ロアナの家へと向かった。先日は遠回しに断られたものの、適当に理由をつけて連れ出してしまえばいい。

すっかり通い慣れた長屋に辿り着くと、シリルは驚いて足を止めた。入り口に、見覚えのある大きくて黒い人影が佇んでいたのだ。

アリスティドである。

（なんであいつがここに？）

今日はエドガールのお供にブランシュの相手と、忙しいはずだ。彼はどこか遠慮がちに玄関ドアをノックをする。

出てきたロアナは、驚いた表情を浮かべた。

「アリス……」

「母から、体調を崩したと聞いたが……大丈夫か？」

「大したことないわよ。もう平気」

「これを──」

手にしていた籠を渡す。

「母からだ」

「ありがとう。あら、美味しそう」

包みを少し開いてロアナが言った。

「ええと……上がっていく？　お茶にするところなの」

「いや、今日はこれからエドガール様のお供だ」

「あ……そうよね。そんな忙しい時にごめんなさい」

「君は？　祭りには行くのか？」

ロアナは伏し目がちに、首を横に振った。

「そうか……」

じゃあ、とアリスティドは別れを告げた。ちょうどこちらへ向かってくるので、シリルは思わず横道に逸れて身を隠す。

彼の姿が見えなくなるのを確認してから、シリルはロアナの家のドアをノックした。

「――アリス?」

そう言って慌てたように出てきたロアナに、シリルは笑顔を向けた。

「あ……シリル」

「やぁ、お邪魔しても?」

「ええ、どうぞ」

先ほどアリスティドが持ってきた籠がテーブルに載っている。

「さっき、騎士団長が来ていたようだけど」

「あ……ええ。彼とは家が近所で、子どもの頃からの知り合いなの。今でもいろいろと親切にしてくれて……お母様がこうしてお料理を持たせてくれたり」

お茶を淹れながらロアナが言った。

「騎士団長がおつかいとはね」

「昔から、私がドジを踏むといつも彼が助けてくれていたのよ。一人で暮らしているのが心配みたい」

困ったように笑う。

「さっき広場を通り過ぎてきたんだけど、品評会は盛況だね。どれも素晴らしかったよ。見に行かないの？」

「私が行くと、うっかり作品を壊したりしかねないもの。……実際、子どもの頃にやっちゃったことがあって」

「転んで壊した？」

なんとなく想像がついてシリルは苦笑する。するとロアナは椅子に腰かけ、憂鬱そうにため息をついた。

「その日は石畳の上で溶けかけた雪が、夜にまた凍り付いていてね。滑った拍子に持っていた温かいスープをひっくり返して、それを被ってしまった人が驚いて、出品された作品にぶつかって……その作品が隣の作品に倒れこんで、さらにその隣に倒れて……悪夢のドミノ倒しだったわ」

思い出しているのだろう、ロアナは青ざめ頭を抱えながら、深刻な表情で項垂れた。シリルは思わず噴き出す。

「それは見たかったな！」

「笑いごとじゃなかったわ！　うちの両親は真っ青になって……あの時もアリスが庇ってくれた……」

「まさかそれで、祭りに出禁に？」

「そうじゃないけれど、自分が怖いのよ。何しでかすかわからないもの」

「以来一度も行ってない？」

「近づかないのが皆のためよ」

「旦那さんとも行かなかった？」

「……あの人は、あまりこういう催しが好きではなかったの」

　表情がわずかに翳る。

「よし、じゃあ行こう」

　シリルが立ち上がり手を引くと、ロアナは驚いて身を引いた。

「シリル、私の話を聞いていた？」

「広場には近づかなければいい。日も暮れてきたし、夜店を回ろう」

「だめよ」

「俺はこの街には不慣れだから、案内してくれる人が必要だ。酒が入れば酔いが回って、道に迷ってそのまま道端で寝込んでしまうかも……北国の夜にそんなことになれば、俺の命はないかもしれないなぁ」

ロアナはひどく及び腰だ。

「シリル、私本当に……」

「安心して。傍にいるから何かあればすぐに支える。俺は君を見張って、君は俺を見張る。どうかな？」

ロアナは躊躇っているようだったが、ようやく小さく息を吐いた。

「……少しだけよ」

シリルはにこっと笑った。

ロアナを連れ出し、シリルは意気揚々としていた。隣を歩くロアナの様子を窺いながら、彼女の友人であるシルヴィーに聞いた話を思い出す。

「結婚は親が決めたものだったから、彼女は幸せとは言えなかったんです」

先日散歩に連れ出したシルヴィーは、シリルに誘われて嬉しくてはしゃいでいた。

「亡くなった旦那さんは、ロアナより十五も年上で。代々このネージュ家の家令を務めている家柄で、とにかくご主人様が世界で一番というか。妻より旦那様優先でしたよ。ロアナに対しても、妻というよりは使用人みたいな冷たい態度だったわ」

（ということは、夫に操立てして断られたわけじゃなさそうだ）

　そう考えて強気で押してみたら、それが功を奏した。道行く人にぶつかりそうになるロアナを、シリルはさりげなく庇うように肩を抱き寄せた。

「おすすめは？」

「まずはやっぱり、このスパイスがたっぷりのホットワインね。お店によって配合が違うから、飲み比べすると楽しいわ。酔い過ぎに注意だけど」

「うってつけだな。俺の特技は利き酒でね。一度飲めば味を忘れない」

「あとは、お菓子ならこのブレデル。形が可愛いのよ、星や動物やお花……。お腹が空いたらスープと、ラクレットチーズをかけたジャガイモが定番ね」

「ああ、これが恐怖のドミノを引き起こしたスープね……」

「いやだ、思い出させないで」

　ロアナが情けなさそうに顔をしかめたので、シリルは肩を揺らして笑う。

　二人はワインを買って飲みながら店を冷やかした。ロアナの楽しそうな様子に、引っ張りだしてよかった、と思う。

（本当は祭りに行きたかったんだろうな。それを何かあったらいけないと遠慮して……）

「――ロアナ？」

声をかけられて振り返る。

そこにいたのは、ブランシュとアリスティドだった。

「どうしてここに？　来ないと……」

アリスティドがシリルに目を向けた。その視線が、ロアナの肩に回した手に辿（たど）り着く。

それに気づいたのか、ロアナがさっとシリルから身を離した。

「初めて弟月祭にいらしたというから、案内していたの。……ブラン様、ご無沙汰（ぶさた）しています」

「ロアナか。久しぶりだな、たまには城に遊びにこい」

「はい、ありがとうございます。——シリル、私そろそろ帰るわ」

「え」

ロアナはさっと身をひるがえして雑踏の中へ消えていく。しかしすぐに、何かがひっくり返る音や悲鳴がその向こうから響いてきた。ロアナがまた何かしでかしたのだろう。

シリルは追いかけようとしたが、それを制するようにアリスティドが身を乗り出した。

「すみませんブラン様、少し用事が出来ました。私はここで」

「え、アリスティド⁉」

突然ロアナの後を追うように走り出したアリスティドに驚いて、ブランシュは声を上げた。


　ぽつんと置いていかれたシリルとブランシュは、互いに困惑した視線を交わした。

「えーと……彼と少しは楽しめました？」

「……さっき表彰式が終わって、ようやく落ち合ったばかりだ」

　暗い表情でぼそりと呟く。では結局、折角の機会に何一つ進展しなかったということか。

　ブランシュは項垂れ、肩を落としてとぼとぼと歩き出す。

「どちらへ？」

「……帰る」

　シリルは頭を掻くと、近くの露店でホットワインをひとつ注文した。

　ブランシュの後を追いかけ、肩に手をかけ引き留める。

「待って」

　ひどく暗い顔のブランシュが振り返った。

「ほら」

　手にしたワインを差し出すと、ブランシュは怪訝そうにシリルを見上げた。

「折角来たんだから、一杯くらい飲んでいきましょうよ」

　ブランシュは少し涙目になっていた。

少し躊躇う素振りをみせたものの、無言でカップを受け取った。そしてごくごくと一気に飲み干す。その見事な飲みっぷりに、シリルは感心した。

「いけますね」

「このワインは子どもの頃から飲んでるんだ。水みたいなものだ」

ぐいと手の甲で唇を拭う。水みたい、と言ったものの頬には赤みが差していて、多少は酔いが回ったようだった。

その時、白いものがちらちらと目の前を掠めた。

二人は同時にはっとして空を見上げる。

「雪？」

暗い空から、風になびくような雪が降り始めていた。

「初雪だ！」

ブランシュが嬉しそうな声を上げる。

「弟月祭に初雪が降ると、次の年はいい年になると言われてるんだ」

「へぇ、じゃあ来年はいい年ですね」

「そうだな――」

周囲でも歓声が上がっていた。ブランシュは空を見上げながら、表情を輝かせる。

するとブランシュは突然、シリルの腕を摑んだ。

「よし、ちょっと付き合え！」

「え？」

「僕のお薦めの露店があるんだ。あそこのスープは絶品だぞ」

「いや、俺は……」

今日はロアナと過ごして、何らかの進展を見せるはずだったのに。

そう思ったが、目の前の少女の手を振りほどくのは気が引けた。この状況では、一人は惨めで侘しいだろう。肩を竦めて、引っ張られるがままに人混みを進んだ。

道行く人々は気安くブランシュに声をかけてくる。

「あら若君様！　初雪ですね！」

「来年はよい年になりそうで！」

「寄っていってくださいよ！」

ブランシュは笑顔でそれらに応える。

「人気者ですね」

「シリル、敬語は不要だ。僕のほうが年下だろ」

「いや、まぁそうですが」

世話になっている城の令嬢に、あまり馴れ馴れしい口をきくものでもない。

そう考えているとブランシュは頰を膨らませて、

「僕を女だと思って遠慮してるのか？」

と睨みつけてくる。

「……………わかった。では、ブラン」

シリルは自分のカップを掲げた。

するとブランシュは満足そうに笑って、カツンとグラスをぶつける。

「いらっしゃい、若君様！」

ブランシュお薦めという店の店主は、大柄で腹の突き出た男だった。声も大きい。ブランシュは慣れた様子で注文する。

「オニオンスープとかぼちゃスープをひとつずつ！」

「はいよ！」

「そちらが都から来たっていう噂の求婚者ですか？　さすがに色男だねぇ」

店主の妻と思われるふくよかな女が、ブランシュの隣に立つシリルを見てうっとりしている。

「こんばんは。こちらのスープが絶品と聞いたんですよ」

女に向かって片目をつぶってみせると、嬌声を上げて大盛りにしたスープとパンを押し付けられた。そんな妻の様子に店主は呆れた表情を浮かべる。そして、脅すようにシリルに顔を寄せた。

「お兄さん、若君様の伴侶になる男には、エドガール様だけでなく俺たち街のもんみんなが値踏みをさせてもらうからね。覚悟しておきな」

「もう、やめろよ！　僕は結婚なんかしない！　行くぞシリル」

ブランシュに引っ張られてその場を離れる。

シリルは手にした熱々のかぼちゃスープに口をつけた。

「うま」

冷え切った体に、ほくほくした甘みが染み入る。思わず表情が蕩けそうになった。

「この間、城でもかぼちゃのスープ出たよな？　でもこっちのほうがうまい」

「そりゃあ、寒いところで熱いもの食べるほうが美味しいさ」

「確かになー。なぁ、そっちのオニオンもうまそうだな……」

「食べるか？　僕もかぼちゃ一口ほしい」

するとシリルはにやりと笑って、スープにパンを浸すとブランシュの口許に寄せた。

「ほら、あーん」

ブランシュは目を見開き、頬を染めた。

「ちょっ……やめろよ！　子ども扱いするな！」

「なんだよ、恥ずかしくないだろ。男同士なんだから」

「な……」

「ほら、冷めるぞー」

ブランシュは少し躊躇(ためら)っていたが、やがてぱくりとパンを飲み込んだ。小動物に餌(えさ)をやる気分だった。

「俺にもやって」

「やだよ。自分で飲めよ」

ブランシュは器(うつわ)をシリルに押し付けてそっぽを向いた。耳が少し赤いようだ。その初心(うぶ)な様子に思わずほくそ笑む。

「騎士団長にだったらやるくせにー」

「やるわけないだろ！」

「でもやりたいだろ？」

「………」

黙り込んで赤い顔をしているブランシュに、にやにやしてしまう。

（やりたいんだな）

「今夜は残念だったけどさ、また機会はあるだろ。いつも城で一緒なんだし」

「……いつも一緒だからこそ、何かきっかけがないと難しいんじゃないか」

ブランシュはため息をつく。

「アリスティドにとって僕は、仕える領主の子で剣の弟子で……子どもの頃からそうなんだ。今更それを変えようとしたって……」

（とりあえず女の恰好すればいいんじゃないのか？）

しかし女中たちの話を聞く限り、男装にはブランシュなりの父親への思いや、自分が女であったことへの落胆が込められているのだ。恋する男のためとはいえ、そう簡単に解くわけにはいかないのかもしれない。

「きっかけくらいなら俺が作ってやるよ」

つい口をついて出た言葉に、シリルは自分でも驚いた。

「え……」

ブランシュがシリルを見上げる。

「あー、えーと、まぁ俺も退屈してるから……それくらい協力しても……いい」

「本当か？」

「あ、ああ」

するとブランシュは瞳を輝かせて、気恥ずかしそうに笑った。

「……お前、いいやつだなぁ」

その言葉に少し後ろめたく、そして妙にくすぐったい気持ちになる。いいやつだ、などと言われることは滅多(めった)にない。

「よし、次はワインの飲み比べしよう！」

「おっ、望むところだ」

「全部の店を回るぞ！」

「いいねぇ」

ブランシュは手近な店にシリルを引っ張っていき、「二つちょうだい！」と声を上げた。

その夜、二人は散々に飲み歩き、六花城(りっか)へと帰りつく頃には前後不覚に酔っぱらってしまっていた。


「シリル、起きろ！」

「――ぐふっ」

暖かい布団の中で惰眠を貪っていたシリルは、体の上に何かがどすんと乗っかってきて息を詰めた。

「起きろよ、いつまで寝てるんだ！」

ブランシュがシリルの上に腹ばいになり、じたばたと動きながら「起きろー」と叫んでいる。

「うう……」

大声で騒ぐブランシュの声が、まだ寝ぼけている頭にこだまして顔をしかめた。

(……子どもだ。いや、犬と一緒だ)

朝のベッドで男女が一緒にいながら、なんて色気のないことだろう。

すると突然重みが消え、今度は恐ろしいほどの寒風が吹いてきた。シリルはぶるりと震えて身を縮める。顔を上げると、ブランシュがバルコニーに通じる窓を全開にしていた。カーテンが内側になびく。

「さむっ……おい、やめろよ！」

「雪だぞシリル！　雪がすっかり積もった、見ろよ！」

窓の向こうには、確かに真っ白に輝く街が広がっていた。城の庭にもすっかり雪が厚くかぶさり、その先に広がる街並みはすべての屋根が白銀に輝いている。その光景はさながら一枚の絵画のようだった。窓枠に切り取られた美しい情景に、シリルは一瞬寒さを忘れた。

　しかし、やっぱり寒かった。掛け布団に包まり震えながら、「わかった！　わかったからとりあえず閉めてくれ！」と悲鳴を上げる。

「庭に出るぞ！」

「はぁ？　なんでこんな雪の積もった日に……歩けやしない」

「馬鹿、雪が積もったから出るんだろ！　さぁ、早く着替えろ！」

　急き立てられ、シリルは仕方なく身支度を整えた。

　庭に出ると、すでに幾人かが歓声を上げながら駆けまわっていた。雪は止んでいて、雲間からは僅かに日の光も差している。

（寒くないのか？）

　外套を掻き合わせながらシリルは目を疑う。

　すると横にいたブランシュが、思い切り雪の上にジャンプして倒れこみ、そのままごろごろと転がった。雪まみれになってきゃあきゃあと楽しそうに笑っているブランシュに、シリルは驚く。

「シリルもやってみろ！」

「遠慮しておく」

振り返って六花城を見上げると、シリルは思わず目を眇めた。

「──おお」

壁に埋め込まれているという雪の欠片が、雪に照らされて虹色の光を放っている。城全体が眩い光に包まれていた。

「すごいな……」

「どーん！」

ブランシュが後ろからタックルを食らわせ、シリルは頭からべしゃりと雪に突っ込んだ。雪まみれになったシリルは悲鳴を上げる。

「うあぁぁああ！　冷てぇー！　……何すんだよ！」

「よし、雪だるま作るぞ！」

シリルの抗議など聞こえていないらしいブランシュは雪を丸く固め、それをころころと転がし始める。

「シリルも早く！」

「えー……」

不承不承、シリルは一緒に雪を転がした。

大きな塊が二つできたところで、シリルはひとつをもうひとつの上に重ねた。その頃にはもう息が切れ、体が火照って外套など着ていられなくなっていた。上着も脱いで汗を拭いながら、まさかこんな冷えた空気の中でこれほど薄着になるとは思わなかった、と驚く。

「はぁ、はぁ……ほら、完成！」

「何言ってる！　雪だるまは三段だ！」

「はぁー？」

「もうひとつ！」

シリルはうんざりしながらも、仕方なくもうひとつ塊を作る。それを上に載せようとするものの、大きく作りすぎて思った以上に重い。一人では腰より上には持ち上げられなかった。

「ううっ……ふぐぅ……っ」

シリルは腕が引きつるのを感じた。もちろん、自分より背の低いブランシュにも到底無理である。

その時、後ろから手が伸びてきて、雪の塊はひょいと一番上に載っかった。振り返るとアリスティドが立っていた。

「アリスティド！」

ブランシュが嬉しそうに声を上げる。

「無理をすると、腰を痛めるぞ」

そう忠告され、シリルは少し憮然とした。軽々と持ち上げた人間に言われると癪だ。

「こりゃどーも」

アリスティドの隣にはエドガールの姿がある。

「ほう、今年も立派な雪だるまだ」

二人が作った雪だるまを見上げ、エドガールは満足そうに笑う。

「なぁアリスティド、雪合戦をやろう！　騎士団や使用人たちも呼んでさ！」

「まだ雪で遊ぶのか？」

肩で息をしながらシリルは呆れた。

「当然だ！　雪が積もった最初の日はこうでなくちゃ。ねぇ父上？」

「その通り。シリル殿、これは我ら北国の人間の習性でな。最初に雪がたっぷり積もった朝は、まずは思い切り雪を堪能するのだ。……まぁ最初だけだよ。冬が深まるほど、雪は楽しむ対象から厄介な相手になっていく」

「そういうものですか」

「シリル殿は、生まれはどちらだったかな？」

「王都生まれの王都育ちです。雪といえば、時折ちらつくのを見るくらいでした」

「それなら是非、雪遊びを堪能していかれるといい」

やがて庭には、騎士に使用人、城の客人たちがすっかり集まってきた。

「よーし、二つのチームに分けるぞ！　五分間雪玉を投げあって、ひとつでもぶつかったら退場だ。最後に残った人数で勝敗を決する！」

ブランシュが皆に向かって声を張り上げた。

「ブラン様、是非ご一緒のチームに入れてくださいませんか。雪合戦をやったことがないので、いろいろ教えていただきたいのです」

フェルナンがいそいそと彼女の傍に近づいた。

「そうだな、都から来た連中はひとまずこちらに入れるか……。シリル！　お前にも戦い方を教えてやる、一緒のチームに入れ」

シリルはアリスティドに目を向けた。彼はブランシュとは別のチームのようだ。

「いや、ちょっと待て」

そう言ってアリスティドに近づく。

「アリスティド殿、俺と交換でブランのチームに入ってくれ」

「交換？　何故……」

するとシリルは彼に小声で耳打ちした。

「そっちのチームに目当ての女がいるんだよ。悪いが代わってくれないか？」

「……………わかった」

少し呆れたように言って、ブランシュのほうへと歩いていく。驚いているブランシュに向かって、シリルは小さく親指を立てた。

（機会は作ってやったぞ。あとは頑張れ）

その意図が伝わったのか、ブランシュは少し恥ずかしそうにしながらも、「ありがと」と声には出さずに唇を動かした。

「シリル様、がんばりましょうね！」

同じチームの女中たちがきゃっきゃとシリルを取り囲んだ。

「しかし、向こうはブラン様とアリスティド様がいるのか。これは強いぞ」

狩猟番の男が言った。

「あの二人は強いのか？」

「ブラン様は狙いが的確でね。アリスティド様は剛速球だよ」

「ふーん、なるほど」

シリルは腕を組んだ。先ほどひ弱扱いされたのが気に食わないので、アリスティドには是非とも勝ちたい。

（しかし、普通に戦ったら負けるな）

「よーし皆、ちょっと集合！」

シリルは手を叩いて皆を呼び寄せた。

「勝つために作戦を立てよう」

「作戦ですか？」

驚いたように騎士の一人が言った。

「城の若君様と騎士団長……この二人に我々が勝てば、この城における権力構図に変化が起きるぞ。諸君、生まれのよさも剣技も関係ない場でなら、我々にも勝機がある。どうだ？　下剋上する気はあるか？」

皆顔を見合わせ、にやっと笑みを浮かべた。

「どうするつもりです？」

「まず、このチームを二つに分ける。先鋒隊と、後方隊だ」

円になって話し込んでいるシリルたちに、ブランシュが怪訝な顔をして声をかけた。

「何をしてる？　始めるぞ！」

作戦を伝え終わったシリルは、にやりとブランシュを振り返った。

「ああ、やろう」

　エドガールが審判になり、二つのチームは互いに向かいあう。

「用意――始め！」

　ぱっとエドガールの腕が上がる。その瞬間、皆が一斉に雪玉を投げ始めた。シリルは先鋒隊を率(ひき)いて攻勢に出る。

　いくつもの雪玉が乱れ飛んだ。シリルはいずれもすんでのところで躱(かわ)し、二人に命中させることに成功した。そのうちの一人はフェルナンで、雪玉が顔面に直撃して無様にひっくり返る。

「くそっ、シリル、このやろー！」

「ははは！　ざまぁないなフェルナン！」

　シリルは満面の笑みで高笑いを返してやる。

（そろそろかな――）

　頃合いを見計らい、シリルは口笛を吹いて後退を始めた。それに気づいた先鋒隊の生き残りもじりじりと下がった。

　追ってくるブランシュやアリスティドの姿に、シリルはほくそ笑む。

「――今だ！」

　後方隊として残っていた一軍が、わあっと左右から一気に大量の雪玉を投げつけた。彼らには先鋒隊が敵を引き付けている間に、大量の雪玉を作らせておいたのだ。尚且つ、今のシリルたちは相手チームを取り囲むような陣形になっていた。前後左右から攻撃を受け、敵チームは一気に崩れていく。

　シリルはアリスティドを狙って、大きく振りかぶった。しかしその瞬間、脇腹に鋭い一撃が弾けた。それはブランシュの一投で、「やった！」と拳を握っている彼女の小柄な姿が見えた。

「うわ、くっそー」

「――終了！　そこまで！」

　エドガールの声が響き渡る。

　シリルのチームは五人、敵チームは三人残っていた。ブランシュとアリスティドが生き残っていたのはさすがだ。

「俺たちの勝ちだ！」

　シリルたちは歓声を上げ、互いに健闘を褒めたたえた。

「きゃー！　シリル様、やりましたね！　私、一人倒したんですよ！」

「僕、一度も当たらなかったの初めてです……」

女中や下僕が興奮気味にはしゃいで、シリルを囲んだ。

「団長を負かすなんて、こんな時でもなけりゃありえないな」

騎士団の面々が面白そうに笑った。

「戦勝会が必要だな！　よし、俺から皆にいいワインを用意しよう！」

シリルがそう言うと、皆がわっと歓声を上げた。

「見事だったな」

いつの間にか傍に近づいてきていたアリスティドが、感心したように言った。シリルは眉を寄せる。

「嫌みか？　俺はまんまと被弾した」

「しかし結果として勝利した。俺は逆だな……自分は生き残ったが、負けた。これが戦なら、最低の結果だ」

「力のない者にはそれなりの戦い方ってものがあるからな」

「……貴殿は指揮官に向いているな」

まじまじとシリルの顔を眺めながら、アリスティドが言った。

そんなことを言われたのは初めてだったので、面食らう。しかもアリスティドはどう見てもお世辞などを言いそうになく、いたって真面目な顔をしていた。

「俺が？　まさか」

「――シリル！　もう一回勝負しろ！」

ブランシュが悔しそうに地団駄を踏んだ。

「えー、もう疲れた……」

「もう一回だ！　三回戦までやるぞ！」

「じゃあ、勝ったら極上のワインをおごれよ」

「いいだろう、受けて立つ！」

ブランシュとアリスティドが作戦でも立てているのか、額を寄せて話し合っているのが見えた。その様子に、シリルは肩を竦める。

（まぁ、仕方ない……協力するって言っちまったし、一緒にいるいい機会だもんな）

「始めるぞ！」

結局この日、シリルのチームが全勝することになったが、試合が終わったころにはへとへとで、立っているのも辛くなっていた。

「あらまぁ、随分と張り切ったこと」

ふらふらした足取りで城に戻ってきたシリルを見て、カティア夫人が笑った。

「寒い寒いと丸まっていたあなたとは思えないわね」

「まぁ……付き合いってやつだ」

「ふふ、楽しそうな顔しちゃって。健康的でいいんじゃない？」

言われて、シリルは思わず自分の顔を撫でた。

「シリル殿は大活躍だったな。雪遊びは初めてと言っていたのに、見事なものだ」

エドガールが笑った。

「いや、たまたまですよ。チームの皆のお蔭です」

「そうだな。冬にこんなに暑い思いをするとは思わなかった」

「汗だくじゃないの。着替えていらっしゃいよ」

するとそこへ使用人が駆けてきて、エドガールに声をかけた。

「旦那様、お客様がおいでです」

「客？　そんな予定はないはずだが……誰だ？」

「カティア伯爵です」

シリルは驚いた。カティア夫人の夫だ。

そっと傍らの夫人の様子を窺った。

カティア夫人の顔から、すべての感情が消え去ったように見えた。

その夜の晩餐(ばんさん)には、カティア伯爵の姿があった。

「突然の訪問だというのにすまないな、エドガール殿」

カティア伯爵は一見温和そうな人物だった。これまで何度か夜会などで一緒になったことがあるが、当たり障(さわ)りのない会話しかしたことがない。ただシリルは彼が笑みを浮かべても目が笑っていない気がして、本心がわからない男だと感じていた。

「いえいえ、お越しいただき嬉しく思いますよ。雪も随分と積もったので、こちらまで来るのは大変だったでしょう」

「街道が閉まる前にと思いましてね。間に合ってよかった」

「ええ、本当に。あと数日で閉鎖になるでしょう」

エドガールはグラスを掲(かか)げて言った。

「ちょうど奥方もいらっしゃってますし、どうぞごゆっくりご滞在ください」

カティア夫人は何も言わず、伏し目がちにナイフとフォークを動かしている。伯爵は彼女に目を向けることもなく、首を横に振った。

「いえ、明日工房を訪ねれば用は済みます。特別な『雪の欠片(かけら)』の発注がしたくて伺(うかが)ったのです。明後日にはお暇(いとま)しますよ」

シリルはこの夫婦の様子をさりげなく盗み見ていた。考えてみれば、彼らが一緒にいる姿は初めて見る。しかし先ほどから、二人は一度も言葉を交わしていなかった。

「妻がご迷惑をおかけしていませんか。随分と長い間こちらにお世話になってしまっているようで……」

「いえいえ、私がお招きしたのですから。来ていただき嬉しいですよ、城に花が咲いたようです。これほどお美しい奥方がいらっしゃって、羨ましい限りですな」

「まぁ、見た目だけが取り柄の女でしてね。気は利かない、家の管理はできない――彼女の両親は娘を甘やかして育てたようで、結婚後は苦労しましたよ。私がいろいろと教えてやっても、まったく進歩がなくて。もしこちらでも何か不手際がありましたら、すぐ私にご連絡ください」

(なんだこいつ?)

席は離れていたものの、聞こえてくる伯爵の言葉にシリルは眉を寄せた。

「シリル、明日もう一度勝負しよう」

ブランシュが、隣のフェルナンから話しかけられるのにうんざりしたようにシリルに声をかけた。まだ雪合戦の試合結果を不服そうにしている。

「ワインの約束はなかったことにしないぞ。今日の分は今日の分だ」

「わかってるよ。さっき使用人部屋に樽ごと運んだから、今頃下では宴会だ」

「なんだ、早く言えよ。俺も一緒に飲みたいなー。後で顔を出そう」

「明日は絶対僕が勝つ！　都育ちなんかに負けっぱなしでいられるか！」

「ほーほー、楽しみだ」

「僕が勝ったら特大雪だるまを作れよ！　僕の部屋から見えるところに！　三段の！」

二人の様子を眺めながら、カティア伯爵が僅かに眉を寄せた。

「ブランシュ嬢は変わったご令嬢ですね」

「いや、まぁ……その、ははは。雪遊びが好きなのはここでは普通のことですよ」

エドガールが苦しい躱し方をする。

「女でありながら男の恰好をなさるとは……仮装舞踏会でもないというのに、褒められたことではありませんな。若い娘としての慎みに欠けます」

「それは、その……」

「エドガール殿、女は早いうちに淑女としての教育を施さねばなりません。いずれは結婚し子を生し夫に尽くさねばならぬというのに、あれでは……」

「――ディミトリ」

カティア夫人が笑顔を浮かべて話を遮った。

「王都の様子はどうかしら。最近何か変わったことはあって？」

伯爵は妻の顔を少しだけ見た。

「……そうだな、第二王子の結婚の件で――」

伯爵は都の話や旅の様子等、当たり障りのない話題を提供した。カティア夫人は夫の話に耳を傾けるでもなく、それきり口を噤んだ。ブランシュはといえば、自分についての伯爵の話は聞こえていなかったようで、他の客と何やら楽し気に会話していた。

晩餐を終え、部屋に戻ろうとするカティア夫人に声をかける。

「顔色が悪いな。大丈夫か？」

「なんでもないわ」

しかし浮かべられた笑顔は、いつになく弱弱しく感じられた。

「あなた、ブラン様とすっかり仲良くなったみたいじゃない。希望が見えてきたわね」

「違うよ、仲良くなったといってもそういうんじゃない」

階段を上りながら、シリルは肩を竦めた。

「妹……いや、弟か？　そんな感じだ」

「妹や弟を可愛がるなんて、あなたにもそんなところがあったのねぇ」

「あれくらいの年頃の経験が自分にもあるからな。君が以前言ってただろ、新雪みたいに真っ新だって。本当、そんな感じだ。見てると、なんとなく放っておけないっていうか……」

「いいわよね、真っ新って……これから何にだってなれるんだもの」

その口調は、妙に静かだった。

「ミレー……」

「それじゃ、おやすみなさい、シリル」

遮るように言われ、シリルは口を噤んだ。

「ああ……おやすみ」

しかし夫人は何かに気づいたように足を止め、シリルの肩越しに回廊の向こうに目を向けた。

振り返るとそこには、カティア伯爵の姿があった。

シリルに与えられた客室の隣が、彼の部屋になったらしい。ちょうど部屋に入ろうと伯爵が、ドアに手をかけたところだった。すると、中から若い女の顔が覗いた。

「——遅いわ、もうっ」

拗ねたような、甘ったるい声が響く。女は彼の腕に抱きつき、上目遣いで早く部屋へ入るよう促した。

（愛人連れてきたのかよ……）

呆れながらも、シリルは自分自身がカティア夫人にとってもそうであることに思い至り、なんとも言えない気持ちになった。

その時、伯爵がこちらに気づいた。自らの妻の姿を認め、そしてシリルに視線を動かす。

ひどく冷たい目だ、と思った。

「こんなところで会うとはな、ミレーヌ。王都でも滅多に会わないというのに」

「……本当ね、ディミトリ」

「妻としての務めも果たさずに、男遊びか」

そう言ってシリルに冷たい一瞥を投げた。夫人の肩が僅かに震えた。

「君が何をしていようが興味はないが、あまり派手に羽目を外すのはやめてくれよ。醜聞だけは困る」

「わかっているわ」

「ああそうだ……春になったら、フランシスを屋敷で引き取る」

「フランシス？」

「息子だ。君が産まないので、外の女に産ませた」

カティア夫人は瞠目し息を詰めた。

「……え？」

「当然だろう。跡継ぎを残さねばならん」

シリルは思わず伯爵の顔を睨みつけた。伯爵はなんの表情も浮かべず、ただ淡々と事務的に事実を伝えているだけのようだった。

「女には金を渡して、二度と子に会わぬよう言い含めてあるから、厄介は起こさないはずだ」

「私に……その子を育てろと？」

「いや、母が屋敷へ来て養育するから君は口を出さないように」

夫人のか細い手が、力いっぱい裳裾を握りしめる。

「お義母様が？　一緒に暮らせというの？」

「嫌なら君が出ていけばいい。別荘はくれてやっただろう」

カティア夫人は唇を噛みしめる。

「……育てるなら、他所でやって。あの屋敷の女主人はこの私です」

伯爵は大きくため息をついた。

「君の実家への援助をしているのは誰だ？　君のそのドレスや宝石は誰が買ってやった？　妻としての責務も果たせない君に、これほどに寛大な夫がほかにいるかね。……まったく、何もできないくせに生意気に権利ばかり主張する」

シリルは彼女を庇うように一歩前に出て声を上げた。

「――伯爵、奥方に向かってその言いようはあんまりではありませんか」

伯爵はシリルに冷たい視線だけを向けた。

「ボワイエ子爵のご子息だったか。……君と妻とのことをとやかく言うつもりはないがね。我が家の名誉を傷つけるようなことだけはないようにしてくれ。手慣れた君なら大丈夫だとは思うが」

「ディミトリ、やめて」

「彼女はあなたの妻ですよ。夫婦にも礼節があるはずです」

伯爵は嘲笑するように唇を歪める。

「……妻と寝ている男に礼節を説かれるとはね」

途端にカティア夫人の頬にかっと血の気が上った。

「失礼するよ」

女の腰を抱いて、伯爵は扉の向こうに消えていった。

「なんてやつだ！　いつもああなのか？」

シリルはいきり立った。

カティア夫人の顔は今では青白く、指先がわずかに震えているのが分かった。

「……大丈夫か？」

「ええ……」

しかし足取りはふらふらとしていて、シリルは心配になって彼女を支える。

「部屋まで送ろう」

「大丈夫よ」

「だめだ、送る」

カティア夫人は弱弱しく苦笑した。

「本当に、どうしてこんなところで会ってしまったのかしら……」

シリルの手に摑まりながら、夫人が呟いた。

「みっともないところを見られたわね」

「気にするなよ。俺はいつも、もっとみっともないところばかり見られてる」

ふっと夫人が笑った。

「確かにね」

部屋に辿り着くと、シリルはおやすみ、とその場を離れようとした。しかし、「待って」

と声を掛けられる。

「どうした?」

カティア夫人は少し気後れした様子で、遠慮がちに言った。

「今夜は一緒にいてくれないかしら……」

シリルは意外に思った。これほど気弱な風情の夫人を見るのは初めてだ。

「もちろん」

シリルは彼女の肩を抱いて、扉を閉めた。

赤々と燃える暖炉の前の安楽椅子に彼女を座らせると、コンソールの上にあったワインを開けた。グラスを差し出すと、夫人はありがとう、と受け取る。

「この間、私が社交界デビューした日は期待で心臓が張り裂けそうだった、って話したでしょ?」

「ああ」

「あの日……最初にダンスに誘ってくれたのが、ディミトリだったの」

懐かしむような眼で、炎を見つめる。

「十八歳の彼は、本当に素敵で……夢をみているみたいだったわ。緊張している私に優しく微笑みかけて……」

少女のように微笑む。

「求婚された時には天にも昇る気持ちだった」

その様子に、シリルは今まで思い違いをしていたことに気づいた。

彼女は、今でも夫を愛しているのだ。

「……彼、悪い人じゃないのよ」

「さっきの様子からは信じがたいね」

「私がいけないのよ。私が……子どもを産めなかったから」

自分を責めるような言葉に、シリルは夫人の手を取り、優しく握りしめた。

「——君ほど素晴らしい貴婦人はいない」

カティア夫人の瞳から、涙がぱたりと零（こぼ）れた。

もともと彼女がシリルと関係を持ったのは、夫への当てつけだったのだろうか。

そうだとしても構わない、とシリルは思った。少しでも、彼女の慰めになるのだったら。

# 四章

翌日、再度行われた雪合戦は二回戦の段階で互いに一勝一敗、ブランシュチームとシリルチームの引き分けだった。

「なぁ、最後は同じチームでやろうよ、シリル！」

最後の一試合を残して、ブランシュが雪まみれの恰好(かっこう)で楽しそうに言った。

「は？　それじゃ勝敗がつかないだろ」

「なんだよ、僕と一緒じゃ嫌なのか？」

「いや、そういうわけじゃ……」

「じゃあやろうよ。お前と僕が組んだら最強だろ！」

シリルは少しむず痒(がゆ)い気分になった。確かに、一緒に戦えば心強い相手だ。

「えー！　若君とシリル様が同じチームに？」

「そんなの絶対勝てませんよー。今日は団長もいないのに」

アリスティドは職務の都合で参加していなかったので、他の参加者たちは二人が同じチームになることに不安感を示した。

その時、雪を端へ寄せた石畳（いしだたみ）の上を、一台の馬車が走ってくるのが見えた。カティア伯爵の馬車だ。工房から戻ってきたらしい。

それに気づいたブランシュは、ぱちりと指を鳴らした。

「よし、伯爵も誘おう！」

ぱっと駆け出す。

「え⁉　おいブラン！」

シリルは慌てて追いかけた。あの伯爵が、こんな遊びに付き合うとは到底思えない。

馬車を降りた伯爵の後ろ姿が、城の扉の向こうに消えていく。二人もまた、雪を払って中へと駆け込んだ。

「あれ……いない」

伯爵の姿がなく、ブランシュはきょろきょろとホールを見渡した。

「伯爵は？　今帰ってきただろ？」

通りがかった使用人に尋ねると、「奥方様と一緒に書斎のほうへ向かわれました」と返ってくる。ブランシュは軽い足取りで書斎へと向かった。

「おい、待て！」

シリルも後を追う。あの夫婦が一緒にいるなら、楽しい話をしているはずもない。うっかり割り込めばブランシュも気まずいだろう。

書斎の扉は僅（わず）かに開いていて、ブランシュは気負いなく取っ手に手を伸ばした。シリルはすんでのところでその腕を掴む。

「待てってば」

「なんで？」

ブランシュが不思議そうにシリルを見返した時だった。パン、と高い音が響き、悲鳴と何かががたりと倒れるような音がした。

ブランシュははっとして扉を開き、書斎へと飛び込んだ。

伯爵とカティア夫人の姿がある。夫人は床に倒れこみ、近くにあった燭台（しょくだい）や本がその周囲に散乱していた。

「――!?」

ブランシュは足を止めた。

ぶたれたのだろう、カティア夫人の右頰は赤くなっていた。ブランシュとシリルに気づいた夫人ははっとして、ほっそりとした白い手が隠すようにそれを覆（おお）った。

「……これは、ブランシュ嬢。少し書斎をお借りしていました」

涼しい顔で微笑む伯爵を、ブランシュはきっと睨みつけた。シリルは膝をつき俯いているカティア夫人の傍に寄り添うと、手を差し伸べて彼女を立たせる。

「大丈夫か？」

「平気よ、なんでもないわ」

弱弱しく笑うカティア夫人の表情にいつもの快活さはなく、目には怯えの色が浮かんでいた。

ブランシュは伯爵に食って掛かる。

「どういうつもりです、伯爵。奥方に手を上げるとは」

伯爵は人のよさそうな笑みをブランシュに向けた。

「ブランシュ嬢、これは夫婦の問題ですので」

「レディに対して、このような扱いを見過ごすわけにはまいりません」

「そういうあなたもレディでは？　そのような恰好ではなく、ドレスがよくお似合いになると思いますよ」

その言い方にブランシュはむっとしたようだった。

「いいんです、ブラン様。平気ですから」

カティア夫人がそう言ってブランシュの腕を引く。しかしブランシュは首を横に振った。

「か弱い貴婦人の顔を殴る男を許すわけにはいきません。紳士としてあるまじき行為です。この六花城で、このようなことはまかりとおりません」

凛として伯爵に向き合うブランシュに、シリルは少し驚いた。男装は父親のため、と聞いていたが、彼女は実際、この城の跡継ぎたる男子としての尊厳を持っているように思えた。

「大したことではありませんのよ、ブラン様。ちょっと……お互い感情的になってしまって。もういいんです、行きましょう。――後のことは手紙を書くわ、ディミトリ」

「もうすべて決めたことだ。君がなんと言おうとな。早くあの屋敷から出ていってくれ」

ブランの手を引いて立ち去ろうとする夫人に、伯爵は冷たい口調で言った。

（こいつ……！）

シリルは拳を握りしめる。するとブランシュは、カティア夫人を自分の背後に庇うように立つと、長身の伯爵をきっと見上げた。

「夫人は城主たる我が父の大事なお客様です。我が城の客を侮辱することは、何人たりとも許しません。――彼女に謝ってください」

「ブラン様！」

　カティア夫人が驚いて声を上げた。

　伯爵は肩を竦めてブランシュを眺めた。まるで聞き分けのない子どもを見るような眼だ。

「お若いあなたには夫婦のことなど、まだわからないでしょう、ブランシュ嬢」

「夫婦のことはわからずとも、あなたのなさったことが卑劣な行為であることはわかります」

　伯爵はどこか馬鹿にしたように頭を振る。

「ミレーヌは私の妻です。私の管轄下にあります。聞き分けのない妻を躾けるには、時にはこうしたことも必要なのですよ」

「謝ってください、と申しました」

「男の恰好をしていてもやはりあなたも女だ、ブランシュ嬢。そうやって感情的で、まともな話し合いもできない。これだから女は……」

　ブランシュの目にかっと怒りの色が浮かんだ。

「僕はこの城の跡継ぎとして申し上げている！」

「いい加減、そのようなお遊びは早々におやめになさい。いつまでも子供ではないのだから、ドレスを着てお父上を安心させてあげてはどうです。――エドガール殿も内心では、あなたのそのような振る舞いを恥じておいでだ」

ブランシュの表情が強張った。

その瞬間、シリルは思わず伯爵に摑みかかっていた。

「お前——！」

伯爵の頬を思い切り殴りつける。カティア夫人が悲鳴を上げた。

本棚に倒れこんだ伯爵は、顔を歪めてシリルを見上げた。

「やめてシリル！」

シリルは伯爵に馬乗りになり、もう一度拳を振り下ろした。騒ぎを聞きつけて使用人たちとともに、エドガールが書斎に駆け込んでくる。

「これは何事だ！　早く止めよ！」

使用人たちがシリルを伯爵から引き離す。伯爵は切れた唇に痛そうに目を細めた。

「シリル殿、なんということを！　伯爵、大丈夫ですか」

「父上、シリルは悪くありません！　伯爵が——」

ブランシュが慌てて取りなそうとする。

「エドガール殿、友人は選ぶべきですね。このような粗暴な男との付き合いは、考えたほうがいい」

それに、と伯爵は言葉を続ける。

「ブランシュ嬢のその男装遊びは、いい加減やめさせるべきです。本人のためになりません。――服を着替えただけで自分が男と同等になれると、随分と思いあがっているようですから」

「……………！」

ブランシュが食って掛かろうとするのを、エドガールが「やめなさい！」と叱りつける。

「伯爵、すぐに手当てを」

「いえ、結構。今すぐ城を出ていきます。もう用は済みましたので」

さっさと書斎を出ていく伯爵を、エドガールは驚いて追いかける。

「伯爵、お待ちを！」

彼らの遠ざかっていく足音を聞きながら、シリルはまずいことをした、と今更ながら後悔した。弱小子爵家の三男坊が伯爵自身に手を上げ、更にはエドガールの顔に泥を塗ったのだ。

（なんだってこんなこと……どんなにむかついたって、黙ってればよかったのに……）

勝手に体が動いていた。しかし、その結果を考えると恐ろしかった。伯爵は実家になんらかの報復を行うかもしれない。エドガールからはこの城を追い出される可能性もある。

「シリル、大丈夫なの？　怪我はない？」

「あ、ああ。大丈夫。まー、殴ったほうの手はだいぶ痛いけど……慣れないことはするもんじゃないな」

「喧嘩なんて、あなたらしくないわね」

夫人は苦笑する。しかしすぐに表情を曇らせた。

「ごめんなさい、私のせいで」

「君のせいじゃない。俺がむかついたからやっただけだ」

「ブラン様も……ありがとうございました」

深々と頭を下げる夫人に、ブランシュは少しむすっとした顔をしていた。

「いつもあんな扱いを受けているんですか？」

「……いつもというわけでは」

「何故言われるがままにしているんです！　あなたほどの貴婦人が！　殴られて、なんでもないなんてことないでしょう！」

するとカティア夫人は悲し気な微笑を浮かべた。

「……それでも、彼は私の夫なのです、ブラン様」

夫人のための怒りなのに当の夫人になだめられ、ブランシュはどうしていいかわからないようだった。

その後、伯爵は本当に城を出ていってしまった。カティア夫人はエドガールに、自分のせいで巻き込んでしまっただけで二人に非はないと説明したが、夫に殴られたことは口にしなかった。人に知られたくないだろう、とシリルもブランシュもそれについては口を噤(つぐ)んだ。

ただその結果、自分の客に対する娘の態度について、エドガールは厳しく叱りつけた。

「目上の大人、しかも伯爵という称号をお持ちの方に、あの態度はなんだ！　お前の言動が、すなわちこの北部の、そしてネージュ家の評判を貶(おとし)めることになるんだぞ！」

「ですが父上、伯爵は――」

「言い訳はいい！　――もう部屋に戻りなさい」

ブランシュは悔(くや)しそうに拳を握ると、しかしすっと胸を張って静かにその場を後にした。

その様子を見ていたシリルは、エドガールに歩み寄った。

「エドガール殿、騒ぎを起こして申し訳ありませんでした。俺が伯爵を殴ったのが悪いんです」

エドガールはため息をついて、シリルを見つめた。

「……どんな理由であれ、手を出すのは感心しませんな、シリル殿」

「出ていけというなら、俺はすぐに出ていきます。ですがブランは……夫人を守ろうとしただけなんです。あまり叱らないでやってください」

「そうよエドガール。私を守ろうとして、ブラン様は本物の立派な貴公子だったわ。それなのに夫が、失礼なことを言ったものだから……」

カティア夫人の頬は腫れてきていた。それを見て、エドガールも実際何があったかは想像がついているのだろう、「わかっているよ」とため息をついた。

「ただ、あの子が男の子のふりをして成り立つのは、あくまでこの城の——限られた箱庭のような世界の中だけなのだと、そろそろわからせてやらなければならない。伯爵の言うことは、あの子が外に出れば当たり前の言い分だ」

「エドガール殿……」

「いつまでも私が傍にいて、守ってやれるわけではない。早くあの子を支えてくれるよき伴侶を見つけてやりたいんだがね……」

結局、シリルは出ていけと言われずに済んだ。

シリルは頭を下げてエドガールと別れると、そのままカティア夫人を部屋まで送り届けた。

「ありがとう、シリル」

「……殴ったりして悪かったな。仮にも君の夫を」

「本当、驚いたわ」

「それに、君の立場を余計に悪くした」

するとカティア夫人は微笑を浮かべ、そっとシリルの頬に優しいキスを落とした。そして「ありがとう」と小さく囁くと、部屋の中へその身を滑り込ませていった。

シリルはそのままブランシュの部屋へと向かった。こちらもまた、シリルが伯爵を殴ったせいで話が大きくなり父親から叱られるという状況を招いてしまったのだ。一言詫びておくべきだった。

扉をコツコツと叩く。

「おおい、ブラン」

返事はない。しんとしている扉の向こうに耳をすませて、シリルは嘆息した。ふてくされて寝ているのだろうか。

「ブラン、なぁ」

もう一度扉を叩くが、やはり応答はなかった。そっとドアノブを回すと鍵はかかっておらず、シリルは少しだけ扉を開いて中を覗き込んだ。

冷たい風がさあっと流れてくる。暖炉の炎は見えるのに、何故こんなに冷えた空気なのだろうと思い視線を巡らせると、バルコニーへ出る窓がすっかり開いているのだった。

心配になったシリルは部屋の中へと足を踏み入れる。椅子にもベッドにもブランシュの姿はない。がらんとした部屋を見回し、シリルは頭を掻いた。

(なんだ、どこかへ出かけたのか？　もしかしてアリスティドのところに……)

「う……」

嗚咽が聞こえて、シリルははっとした。きょろきょろと部屋の中を見渡すが、声の主は見当たらない。

「……ぐすっ……」

やはり聞こえる。シリルは冷気に身震いしながらバルコニーへと出た。しかしそこにもブランシュの姿はない。

「……ぅう……」

シリルは頭上を仰いだ。

屋根の上に、うずくまっているブランシュの小柄な姿があった。抱えた膝に顔を埋めて、肩を震わせている。

(あんなところにどうやって上ったんだ？)

シリルはきょろきょろと周囲を見渡す。足場になりそうな雨樋を見つけると、恐々と屋根に手を伸ばした。屋根の上にも当然雪が降り積もっている。足を滑らせれば大惨事だ。

「おい、ブラン」

声をかけるがブランシュは答えない。しかし、なんとか泣き止もうとしているらしい。

「すごいなここ……いつもこんなとこ上がってんのか？」

ようやくブランシュの隣までたどり着き、なんとか腰かけると、シリルは息をついた。

眼下には闇の中に街の灯りがぼんやりと浮かび上がり、空を見上げれば深海の底から降り注ぐような満点の星が目に飛び込んでくる。

その光景に思わず嘆息した。透き通るような天に、手が届きそうだ。

「はぁ……バルコニーよりも見晴らしがいいな。しかし寒い～」

「……なんで勝手に上がってくるんだ」

鼻声で悪態をつくブランシュの目は泣きはらして真っ赤だった。ごしごしと袖で涙をぬぐい始めたので、シリルは思わずその手を止めた。

「ああ～やめろよ。そんなことするな」

ポケットからハンカチを取り出すと、ほら、と渡してやる。ブランシュは少し驚いたようにハンカチとシリルを交互に眺めて、そっと受け取り顔に当てた。

「……父上はお前を追い出すのか？」

「いや、出ていけとは言われなかった。少し小言は言われたけど」

「そうか……」

ブランシュはほっとしたような表情を浮かべる。

「カティア夫人は？」

「部屋で休んでる。お前に感謝してたよ。本物の貴公子だ、って」

するとブランシュは暗い表情になり、膝を抱えた。

「……でもこんなのは、ごっこ遊びだ」

「ブラン……」

「父上は……僕がこんな恰好をしてること……やっぱり恥ずかしいと思ってるんだろうか」

じわりとブランシュの目に再び涙が滲んだ。

「だから、あんなふうに、怒って――」

「違う！」

シリルは声を上げた。

「お前のことが心配なだけだ。今のままじゃ、これからもむかつくあの伯爵みたいな輩にお前が何か言われるんじゃないかって」

ブランシュは何も言わず、いつかは彼女が治めるはずの街を見下ろした。どの屋根も雪が積もり、真っ白だ。

「この城や、この街でならお前は確かに若君様として受け入れられるけど、一歩外の世界に出ればそうもいかない。そうなった時、エドガール殿はお前に傷ついてほしくないんだ」

「……でも僕は、この生き方しか知らない……」

そう言ってブランシュは、ハンカチをぎゅっと握りしめる。

「――かっこよかったよ、お前」

「え？」

「カティア夫人を庇（かば）ってさ、伯爵にはっきり物言って……俺から見ても男前だったと思うぞ。全然、ごっこ遊びなんかじゃない。お前は実際、この城の跡継ぎとしての矜持（きょうじ）を持ってる。本気でやってることなんだろ」

ブランシュは小さく、「……うん」と呟（つぶや）く。

「むしろできないだろ、普通。女の子が、生まれてこの方ずっと男として生きるなんて。

――お前すごいよ」

それは嘘偽りない実感だった。適当にふらふら生きてきたシリルとは、雲泥（うんでい）の差だ。

（いずれ、この北部を背負うっていう覚悟があるからなんだろうな……）

ブランシュはしばらく、何も言わなかった。ただ黙って、城下の景色を見つめていた。

「……雪合戦」

ブランシュがぽつりと呟いた。

「ん？」

「途中だった……」

「あー、そうだな」

「……また、やろうな」

「そうだな」

するとブランシュは、泣き顔のままふっと淡い笑みを浮かべた。

その表情に、シリルはどきりとした。

「寒い……戻ろう」

立ち上がるブランシュに、シリルも「あ、ああ」と頷いて続いた。

恐々とバルコニーへと降りるシリルのへっぴり腰に、ブランシュは笑い声をあげる。

「なんだその恰好、情けない」

「うるさい！」

（まぁ、泣き止んだならよかった……）

ブランシュの笑顔を眺めながら、シリルはほっとした。

「シリル、起きろ！」

「——ぐふっ」

体の上に直撃した重みに妙な既視感を覚えながら、シリルは布団の中でうめき声をあげた。

「朝だぞ！　今日は犬ぞりを走らせよう！　操り方を教えてやる！」

シリルの上に乗っかったブランシュが耳元で喚いた。

「起きろー起きろー」

「うう……」

窓を開けて寒風をわざと部屋に流し込むブランシュに、シリルが「やめてくれ！」と叫ぶ。

「……起きるから！　閉めろ！」

「早く着替えろよ、犬舎で待ってるからな！」

シリルはまだ布団に包まりながら、元気よく出ていくブランシュの背中を眺めた。

「うう～、仕方ねぇな……」

渋渋ベッドから這い出すと、暖炉の前で身支度を整えた。

外套を羽織って城を出ると、また雪がぱらぱらと降っていた。

（同じ雪でも、王都で見るのとここで見るのとじゃ、全然違うな）

王都の整った石畳に降り積もる雪は寒々しかったが、ここではもはやそれは当たり前の景色で、分厚い雪が暖かい絨毯のようにすら見えてくる。

冷えた空気の向こうから、犬の鳴き声が聞こえてくる。犬舎の前にはすでに準備を整えた犬たちが揃っていて、ブランシュが一頭ずつ撫でまわしてやっていた。

「シリル！」

シリルに気づいたブランシュがぶんぶんと手を振る。犬は全部で六頭。二頭ずつ縦に並んでそりに繋がれ、皆はしゃぐように跳ねたり吠えたりしていた。

「シリル、この子はデジレ。この中で一番賢い雌で、全体のリーダーだ」

ブランシュがそう言ってわしわしと両手で撫でたのは、先頭に繋がれた黒い犬だった。近くで見ると、どの犬もなかなかの大きさだ。

「強そうだなー」

「六頭いればかなり重い荷物だって運んでくれる。僕たち二人を乗せるのもわけないよ」

「へぇ。よろしくな、デジレ」

シリルもデジレを撫でてやる。きりりとした空気の中で、犬の体温は心地よかった。

「うん、なかなかの美人だな。美人で賢い――俺の好みだ」

「何言ってんのさ……。隣は雄のドニ。この子も賢いよ」

ブランシュは他の四頭についても紹介していく。

「ふーん。どれも雄と雌が隣り合わせなんだな」

するとブランシュはくすくす笑った。

「ああ、そのほうがみんなやる気出るみたいで。お互い、いいとこ見せたいって思うのかな」

「ははぁ、なるほど……犬の世界も人間と変わらないな」

「さぁ、乗って」

ブランシュがそりを示す。

「ここ？」

「そう、僕の前に座ってて。最初は僕が操縦するから、よく見てろよ。それから、曲がる時は一緒に重心を移動して」

言われるがまま、シリルはそりに乗った。その背後でブランシュが掛け声をかける。すると一斉に犬が駆けだした。

「おおっ」

思った以上に速かった。さっきまで騒がしかった犬たちは整然と、一心不乱に走っていく。

「そこ、曲がるぞシリル！」

言われてシリルは体を傾けた。気持ちのいいコーナリングだ。

「ひゅー」

馬車や乗馬とはまた違った感覚で、なかなか面白い。

と、最初は爽快感にいい気分になっていたシリルだったが、段々と表情を曇らせた。凍り付くような風が顔に吹きつけてきて、冷たいを通り越して痛い。

「ちょ、ブラン！　顔、顔痛い！　風冷たすぎて顔痛い！」

振り返って叫ぶ。そういえば、ブランシュは最初から目だけ出して顔を覆うようにマフラーを巻き付けていた。

「男なら我慢しろ、それくらい！」

「ばっかやろー！　俺の美貌が損なわれたらどうしてくれんだよ！　この顔は俺が持ったった一つの財産なんだぞ！」

するとブランシュはけらけらと笑い出した。

「お前なー！　笑いごとじゃないぞ！」

「ははははは！　わかった、わかった」

ブランシュは犬ぞりを止めると、ブランシュは自分が巻いていたマフラーを外した。

「ほら、これ巻いておけ」

「――ふがっ」

顔にぐるぐると巻き付けられたマフラーはブランシュのぬくもりでまだ暖かく、シリルはほっと息をつく。

「……おい、お前はどうするんだ」

「大丈夫だ、慣れてる」

シリルは迷った。相手が女性なら、ここは自分が我慢してマフラーを返すべきだった。しかしブランシュはそんな女扱いを望まないだろう。

「さぁ、行くぞ！」

再び犬ぞりが走り出す。マフラーのお蔭で先ほどのような痛みは感じなかった。シリルは背後のブランシュを見上げた。

すっかり冷気にさらされているはずの彼女の顔は、楽しそうに頬が赤く染まっている。

（男前……）

　これでは、自分のほうが守られる姫君だった。

　城の周りを一周して戻ってくると、今度はシリルが操縦することになった。犬たちは走って火照ったのを冷まそうと、雪の上に体を擦り付けるように寝転がっている。

　シリルはそりから立ち上がりマフラーを外すと、それをブランシュに巻き付けてやった。

「え、いいのに」

「もう大丈夫だから、返す」

「唯一の財産はいいのか？」

「これで俺が凍り付いたら、世にも美しい彫像が出来上がる、と前向きに考える」

　ブランシュはまたけらけら笑った。

「――あ、シリルの匂いがする」

　黒い大きな瞳だけが布地の間から覗いて、ふふっと微笑むのがわかった。

「なんだよ、臭いとか言うなよ」

「ううん、いつも思ってたんだけど、お前いい匂いするな。香水？」

「ああ。都じゃ貴婦人も貴公子も、みんな自分の好みで調合したオリジナルの香水をつけるんだ」

「へぇ……いいなぁ。僕も作ろうかな。香りの選び方教えてよ」

「ああ、今度な」

その後、シリルは案外うまく犬ぞりを乗りこなしたので、ブランシュは感心して手放しにシリルの腕前を褒めた。頑張って走ってくれた犬たちに鹿肉を食べさせながら、シリルはひどくいい気分だった。


シリルが使用人部屋に顔を出すと、女中たちが何やらいつになく盛り上がっていた。

「楽しそうだね、何かあったの？」

「あ、シリル様！」

女たちの表情が一斉に輝き、頬を明るく染めた。

「城下に商団が来ているんですよ」

「商団？」

「凍った湖をそりでやってくる、冬の名物です！　行商人だけでなく芸人なんかも一緒に来るんですよ」

「みんなで見に行こうって話していたんです。シリル様もご一緒にいかがです？」

「へぇ、楽しそうだな」

　この北国での生活も、すでに二か月が過ぎていた。最初は目新しかった雪もさすがに慣れて、雪遊びも大方やりつくしてしまった感がある。王都から来たシリルがこうなのだから、地元の人間からすれば閉鎖されたこの空間はさぞ刺激がなく退屈だろう。

「大きな市が立って、とても盛り上がるんです」

「この時期に南でだけ採れる野菜とか、東の国の絹地とか、とってもいい匂いのする香料とか、珍しいものが並ぶんですよ」

「香料……」

　ブランシュとの約束を思い出す。

　シリルは祭りの夜を思い出した。楽しそうに露店を回るブランシュを思い浮かべる。

（誘って一緒に行くか……）

　ブランシュを探そうと使用人部屋を後にする。噴水近くを通りかかると、黒い影が見えてシリルは立ち止まった。アリスティドだ。

（喜びそうだな）

（そういえばここで、ブランがあいつを誘うのを見たんだっけ……）

　アリスティドは噴水の傍に座り込み、何やら手元を動かしていた。

近づいてみると、左手にはさみ、右手には紙を持っている。大きな手で器用にはさみを動かしながら、何度も紙を回して切り込みを入れていく。

「……何やってるんだ？」

思わず声をかけると、アリスティドはびくりと驚いて顔を上げた。その瞬間、ざくり、と紙に切り込みが入る。

「――ああっ！」

「ええ⁉」

アリスティドの叫び声にシリルは驚く。

紙を見下ろしがっくりしている様子のアリスティドに、シリルはおどおどと近づく。

「え、えーと？　なんか、邪魔しちゃった？　悪いな……」

アリスティドは紙をくしゃりと丸めると、大きく息を吐いた。

「いや、俺の集中力のなさ故だ。気にするな」

「それなんだったんだ？」

「切り絵だ」

「…………切り絵？」

（騎士団長の趣味？）

笑いそうになってしまい、シリルは口許を押さえた。地味すぎる。

「城下の子どもたちが喜ぶから、たまに作ってやるんだが……」

「へぇー。見せてもらっても？」

アリスティドは丸めた紙を差し出す。くしゃくしゃの紙を開くと、未完成ではあったが六花城と思われる城の形が浮かんでいた。非常に緻密で美しいその出来栄えに、シリルは感心した。

「うわ、すごいな。職人技」

「素人芸だ」

「いや、本当すごいよ。ブランにも作ってやったのか？」

「幼い頃にはな」

「ふーん……」

（こういうの、どこかで見たことがあるような……）

そんな気がして、首を傾げた。ブランシュの部屋で見たのかもしれない。

「シリル殿は……すっかりブラン様と打ち解けたようだな」

「え、ああ、まぁ……」

「あのブラン様が誰かとこれほど気安い関係を築くのは珍しい。自分を女と扱う者にはいつも牽制していたからな。他の求婚者たちはもうすっかり諦めているようだが」

「いや、俺は求婚とかそういうんじゃ……」

「あの方ももう年頃だ。これを機に、少し自覚を持っていただけるとよいのだが」

シリルはアリスティドの横に腰かけた。

「そういえば、ロアナとは幼馴染なんだって？」

ロアナの名にアリスティドは少し顔色を変えたように見えた。

「……ああ。貴殿はロアナとも親しくしているとか」

「この街に来た頃にいろいろ世話になってね。あんなふうに一人で生活しているのも気がかりだし、たまに顔を出してるんだ」

「そうか」

「最初に会ったとき、坂道で大量のジャガイモが転がってきてさ。何かと思ったら彼女がぶちまけたものだったんだ。それで一緒に拾って、その後彼女がまた転がして……放っておけなくてさー」

「ああ、昔からそうなんだ……本当に世話が焼ける」

ふっとアリスティドが微笑んだ。何か幼い頃のことでも思い出しているのだろうか。

その表情が、自分のほうがロアナをよく知っている、と物語っているようで、ちょっと面白くなかった。

「──そうそう、ちょうど今からロアナのところに行く約束をしてるんだ。そろそろ失礼するよ」

シリルはそう言って立ち上がる。実際は約束などしていない。

「そうか」

アリスティドはそれだけ言った。

(まぁ、久しぶりに訪ねるのもいいな)

シリルはそのままロアナの家に向かった。最近はブランシュと遊ぶことが増えて、少し間が開いてしまっていた。

「あらシリル、いらっしゃい」

ロアナはいつも通りの笑顔で迎えてくれた。会いたかった、とか、何してたの、とか、そういう反応が一切ないので、シリルは自信を少し失った。

「どうぞ座って。お茶を淹(い)れるわ」

「ああ」

勝手知ったる様子で椅子(いす)に腰かける。

ふと、暖炉(だんろ)の傍に飾られている切り絵に目を向けた。

（これ……）

「この切り絵、もしかしてアリスティド殿の？」

「え……」

がしゃん、とロアナはお盆を取り落とした。

「あら、いやだ、ごめんなさい……」

「平気？　怪我は？」

「だ、大丈夫よ。……ええ、それはアリスが昔作ってくれたの。よくわかったわね」

「ああ、ちょうど彼が紙を切ってるところに出くわしてね」

「驚いたでしょう？　あの大きな体を丸めてこんな繊細なものをちょこちょこやってるんだもの」

「これはいつ頃の？」

「本当に小さい頃のものよ。十歳くらいかしら」

「へぇ、子供が作ったとは思えない。よくできてるな」

「私がへまして落ち込んでると、いつもいろんな切り絵を作って励ましてくれたのよ」

切り絵を眺めるロアナの目はひどく愛おしそうだった。

その表情に、シリルは眉を寄せて考え込む。

思い出されるのは、祭りの夜のロアナの態度だ。シリルと二人でいるところを、まるでアリスティドに見られたくない、というように慌てて帰っていった。そして、それを追っていったアリスティド――。

（……これは……つまり……）

夕方、城に戻るとちょうどブランシュが階段を下りてくるところだった。

「あ、シリル！　出かけてたのか？」

その笑顔に、シリルは少し胸が痛んだ。

（……初恋は、やっぱり実らないのか）

「ブラン、商団が来て市が立ってるって聞いたか？」

「ああ、行ってきたのか？」

「いや、明日一緒に行かないか？　お前の香水に使う香料を探しに行こう」

「えっ、行きたい！　やった！」

嬉しそうにするブランの頭を、シリルはがしがしと撫でた。

「なんだよ？」

「いやー……」

（不憫で、とは言えない）

「覚えててくれたんだな、約束」

「そりゃ、まぁ」

「ふふっ」

ブランシュは肩を揺らした。

「シリルのそういうところ好きだ」

純粋な好意のまなざしを向けられ、シリルは思わず目をそらした。

そんな自分に驚く。

（……なんでこんなことで動揺してるんだ、俺は）

ブランシュが翌日は朝から剣の稽古があるというので、昼から出かける約束をしたシリルは、部屋でワインを飲みながらどんな香りが彼女に似合うかを考え始めた。こういったことなら得意分野だ。

（さわやかな柑橘系がいいか……いや、バニラの甘い香りも案外合うかな。見た目はああでもあいつは女なんだから、そのへんを演出して花の香りも入れて……）

今まではブランシュから教わることばかりだったが、自分がなにかを教えることができるというのは、なかなかにいい気分だった。

翌日、そろそろ稽古も終わっただろうとシリルはブランシュの部屋を訪れた。

「おい、ブラン」

ノックするが、返事がない。ドアには鍵がかかっていた。

（まだ戻ってないのか？）

鍛錬場へと足を向ける。雪合戦でシリルのチームに入っていた騎士が彼に気づいて、声をかけてくれた。

「あれ、シリルさん。ここへ来るなんて珍しいですね」

「ああ、ブランと約束があって。まだ稽古してるのか？」

「若君ですか？　いえ、もう稽古を終えて、団長と連れ立って城下へ行きましたよ」

「え――」

シリルは一瞬、言葉を失った。

「……アリスティドと？」

「ええ。ほら、商団が来ているから見に行ったみたいです」

「……へえ、そうか。ありがとう」

シリルは踵を返し、鍛錬場を後にした。

やがて人気のない場所で、ぴたりと立ち止まる。

（いや、まぁ、そうだよな。好きな男と行けるならそっちを優先させるよな……）

そう自分に言い聞かせながら、シリルは戸惑っていた。胸のあたりがずんと沈んで、波立って、渦巻く。

一言の断りもなく行ってしまったブランシュに、腹が立ったのは確かだった。先に約束したのはこちらなのだ。しかし何より、自分よりアリスティドを優先された事実が妙に気に食わない。

（いやいや、アリスティドと一緒に出掛けたっていうなら、喜ばしいことだろ……）

「あら、シリル？　こんなところで何してるの」

ぼんやりと壁にもたれていると、カティア夫人が不思議そうに声をかけてきた。

彼女の夫が城を出て以来、少し雰囲気が変わった、と思う。世慣れた年上の貴婦人と思っていたのが、どことなく少女めいた純粋さを感じる。それは、自分が知らなかった彼女の一面を知ったからそう思えるだけなのかもしれない。

「……いや、なんでも」

「暇なら、城下へ行かない？　市が立ってるのよ」

シリルは少し考え、「そうだな」と頷いた。

（そうだ、別にブランがいなきゃ行かないってわけじゃない……気晴らしなんだし）

日が暮れる頃、城へと戻るとブランシュがシリルを見て駆けてきた。

「シリル、ごめん！　今日の約束……」

「──いいよ。アリスティドと行ったんだって？」

「え、なんでそれ──」

「騎士団に聞いたんだよ。よかったな、一緒に行けて。祭りのリベンジはできたか？」

「あ、ああ」

照れたようにはにかむ。

「突然一緒に行こうって誘われたからさ、お前に伝える暇がなくて……ごめんな、待たせたか？」

「……別に」

「なぁ、明日一緒に行こうよ。お詫びに奢るから！」

「いや、さっき行ってきたからもういいよ。そんなに見るものもなかったし……疲れたから部屋に戻る」

そう言ってブランシュに背をむけたシリルは、すぐに後悔した。

（あー、俺の馬鹿）

背中にブランシュの戸惑ったような視線を感じながら、シリルはしかし振り返らず、足早にその場から立ち去った。

（なんって大人げない態度だ……）

その夜、シリルは夢を見た。

ブランシュがアリスティドと腕を組んで、仲良く歩いている。アリスティドの手が伸びて、彼女の髪を撫でた。

『ブラン！』

シリルが呼ぶと、ブランシュがこちらを振り向く。

『ああ、シリル。結婚式には必ず来てくれよ』

『結婚式？』

『アリスティドと僕のさ。協力してくれてありがとう。お前のお蔭だよ』

『貴殿には感謝する、シリル。これからも時々、私たちの六花城へ遊びに来てくれ』

二人がそう言って幸せそうに微笑む。

そこで目が覚めた。

思わず胸に手を当て、眉を寄せた。

なんだか、酷く、もやもやする。

（……何、このもやもや）

シリルは掛け布団を頭から被（かぶ）って、目を閉じた。

# 五章

窓の外では深々と雪が降り積もり、暖炉で薪が爆ぜる音が響く。そんな静かな時間に、妙に安らぎを感じる。

（冬も、雪も、寒いのも、嫌いだったのになぁ……）

そんなふうに考えながら部屋で一人チェスに興じていたシリルだったが、その静寂は突然破られた。

「シリル！」

音を立てて扉が開き、ブランシュが飛び込んでくる。

「……騒がしいな。なんだよ」

「頼みがある。お前にしかこんなこと頼めなくて……」

そんなふうに言われると、自分でも意外なことに少し嬉しくなる。そわそわしているブランシュにとりあえず座るように言って、手元のチェス盤を脇に避けた。

「――それで？」

「今度、城下の領民たちも呼んで父上の誕生日を祝う宴があるんだ。それで……その日の夜会にアリスティドも出席するっていうんだ。今まではいつも、職務として父上の傍にいるだけだったのに、今年は客の一人として参加するって。父上もそれでいいって言ったんだ」

「へぇ……」

どうして今年に限って、とシリルは思った。

「つまり、アリスティドもきっと、誰かとダンスを踊るわけで……」

どこか言いにくそうなブランシュの様子に、シリルはなるほど、と思った。

「他の女と踊ってほしくない？」

「そ、それも、あるし。それから……」

「……アリスティドと踊りたい？」

ブランシュは頰を赤らめ、唇を尖らせながら挑むような目でシリルを見る。

「笑うなら、笑えよ。散々自分は男だの若君だのと言ってきたのに、って思ってるだろ？……お前のことだって、男と踊りたいなんて変わり者だ、って馬鹿にして……」

そういえば初めて出会った場で、そんなふうにダンスの誘いを断られたのだった。

「これも、お前の魔法の時計のお蔭なんだ！」

ブランシュはいそいそと懐から例の懐中時計を取り出した。

「アリスティドに夜会の話をしながら、この時計を使ったんだよ。そしたら今年は出席するって。だから、その……協力してほしいんだ」

（まだ信じてたのか、魔法の時計……）

その様子にシリルは頭を抱えた。

ロアナを見るアリスティドを、そして切り絵を見つめるロアナの姿を思い出す。

（まぁ、相手に想い人がいようと、一発逆転の可能性がないわけじゃないか……）

必死にシリルに懇願するブランシュの様子に、シリルは肩を竦めた。

「……わかったよ。とりあえず俺が、アリスティドから他の貴婦人を根こそぎ掻っ攫ってやる」

「本当⁉」

ぱっとブランシュの表情が輝く。

「ただし、アリスティドがフリーだからといって、お前と踊るとは限らないぞ。余所者の俺や他の客人たちと違って、お前をよく知るアリスティドなら、むしろお前を誘えば失礼に当たる、と思うんじゃないか」

「……そう、そうなんだよ。それでお前に相談したくて。どうしたらいいと思う？」

シリルは少し思案し立ち上がると、ブランシュに「ついてこい」と声をかけた。

「え？　どうするの？」

「これには、俺より適任者がいる」

そう言ってブランシュと連れ立って向かったのは、カティア夫人の部屋だった。

「あら、私の頼もしい騎士さんたち。二人揃ってどうしたの？　さぁ入って！」

笑顔で招き入れてくれた夫人に挨拶しながら、ブランシュは戸惑っているようだった。

「おいシリル、何故夫人のところに……」

「ミレーヌ、ブランのことで折り入って頼みがあるんだ」

「ブラン様の？　何かしら」

「今度の夜会で、ブラン――いや、ブランシュ嬢を、誰もが振り返る絶世の美女にしてほしい」

「シリル⁉」

ブランシュが声を上げた。

「何を――」

「当たり前だろ、お前、男の恰好で夜会に出てダンスの誘いが来ると思ってるのか？」

「それは……」

「男が女にダンスを申し込む。それが普通なんだぞ。だったら、お前が女で、しかも震い付きたくなるほど魅力的だとアピールしなけりゃ、アリスティドと踊る以前の問題だぞ」

「……だけど、みんながどう思うか……」

「女の恰好したからって、お前の今までが全部なかったことになるわけじゃないだろ。皆わかってるよ、お前がなんで男として振る舞うのか」

「シリル……」

「馬鹿にするやつなんているもんか。もしいたら、俺が黙らせてやる」

その言葉に、横で聞いていたカティア夫人が少し驚いた表情を浮かべた。

「ミレーヌ、ドレスに髪型、歩き方から所作まで一通り仕込んでやってくれないか。君ほどの貴婦人が教師なら、短期間でも少しは仕上がるだろう」

「ブラン様をレディとしてトータルコーディネートするというわけね？　まぁ、なんてやりがいのあるお仕事かしら！」

「カティア夫人、その、僕は……」

まだ戸惑っているブランシュに、夫人はにっこりと笑った。

「恋をするのは素晴らしいことですわ、ブラン様。恥ずかしいことではなくってよ」

「夫人……」

「夜会まであと十日ほどね。やることは山積みよ。ドレスは私のものをサイズ調整して着ていただきましょうか。髪にはつけ毛をして――あらブラン様、そもそも女性パートのダンスはお出来になります？」

「…………」

「ではそのレッスンもですね。ふふ、皆に秘密で特訓しましょう。シリル、練習の相手役はお願いできるわね？」

「ああ」

「二人とも……ありがとう」

照れくさそうに言うブランシュに、「みんなびっくりするわね！」と笑って夫人はうきうきとクローゼットを物色し始める。

シリルは少し複雑な気分で、ブランシュの横顔を見つめていた。

エドガールの誕生日になると、朝から六花(りっか)城の門が開放され、雪掻きされた庭に領民たちが押し寄せた。いたるところで火をおこし暖が取れるようになっていて、敷き詰められるように置かれたテーブルには大量の食事が並び、誰もがエドガールの長寿を願い、声を上げグラスを掲げる。

その間を縫うようにエドガールが気軽にそぞろ歩きながら、領民ひとりひとりと会話したり挨拶を交わしていた。傍らにはいつも通りの男装のブランシュがいて、父を誇らしげに見守っていた。

それは日暮れまで続き、やがて広間で行われる夜会にはエドガールの親しい者や街の有力者たちだけが集まってくる。

夕暮れとともに人の波が引いていくのをバルコニーから見下ろしていたシリルは、夜会服を纏って部屋を出た。

カティア夫人の部屋の前で立ち止まり、少しノックを躊躇う。ブランシュは今夜の夜会のために、ここで身支度を手伝ってもらっているはずだった。

(さて、どんな仕上がりか……)

楽しみなようで怖いような、奇妙な気分だった。女の恰好をすることを勧めたのは自分だというのに、『ブラン』を消してしまうことになるのでは、と妙な不安感があった。

意を決して、軽く扉を叩く。

「入っても？」

「シリル？　どうぞ」

カティア夫人の声がする。

部屋に入ると、大きな鏡の前に立つブランシュの後ろ姿と、その最後の仕上げでつけ毛を調整している夫人が目に入った。

ブランシュのドレスは黄色とも金色とも見える色味で、スカート部分にちりばめられた金糸の細かい刺繍が光を反射していた。大きく開いた背中の雪のような白さに、シリルはどきりとする。裾は広がり過ぎず全体的にすっきりとしたシルエットだが、後ろは引きずるように長く優雅な流れを描いて柔らかさを醸し出していた。

ブランシュがゆっくりと振り向いた。

それは、見知らぬ女性だった。

いつもは短い黒髪はつけ毛によって腰までの長さになっていて、片側にまとめられ緩くウェーブがかっている。髪全体には雪の結晶を象った小ぶりの飾りがいくつも付けられ、清楚な輝きを彩っていた。化粧を施された顔は、いつもの少年めいた様子が消え去り、今まさに花が開いたような瑞々しい美しさが浮かんでいる。

夫人は得意げに微笑むと、シリルに「さぁどう？」と手を広げた。

「完璧なレディでしょう？」

「……変じゃないかな、シリル」

自信なさそうに尋ねられ、シリルははっとした。

「あ――」

シリルは動揺した。少しぼうっとなっていたらしい。

それなりになるとは思っていたが、これは想定以上だった。どんなに着飾ったところで、あの少年っぽさは抜けないだろうと高をくくっていたのだ。

「シリル？」

何も言わないシリルに、ブランシュが首をかしげる。シリルは気を取り直すと咳払いをし、なんでもないふうを装った。

そっと彼女の手を取って、口づけた。他の貴婦人にそうするように。

「え……」

「――行きましょうか、レディ・ブランシュ」

優雅に微笑み、その手を引く。

するとブランシュは、戸惑ったように少し頰を染めた。

「なんだかいつもと違うな、シリル」

「そりゃあレディの前だからな。――話し方も気をつけろよ」

「わかってるよ」

「んん？」

シリルが目でじろりと叱りつける。

「……わ、わかった、わ」

履きなれない高いヒールにおぼつかない足取りのブランシュに、ゆっくり歩調を合わせて支えてやる。

「ブランシュ様、すぐそばに私が控えていますから、何かあったらいつでも声をかけてくださいね」

「ありがとう、カティア夫人」

三人が広間へ入っていくと、エドガールは友人に囲まれて談笑していた。しかし、シリルとカティア夫人に挟まれた見慣れぬ令嬢が誰であるか気づくと、目を丸くして近づいてくる。

「ブランシュ？」

「父上……遅くなりました」

娘の姿をじっと見つめたエドガールは、しばらく言葉も出ないようだった。ブランシュが落ち着かない様子で父を窺う。

「……私の、娘……」

小さく呟くのが聞こえる。

「父上……？」

「ああ、私の娘はなんて美しいんだ！」

エドガールは感極まって涙ぐんでいた。

「……母様にも見せてあげたかった」

ブランシュはそう嘆息する父に苦笑した。

「大袈裟ですよ、父上」

「最初の曲は、私と踊ってくれるか？」

「もちろんです！」

父娘が抱き合うように、広間の中央へと進み出る。その後ろ姿を見送りながら、カティア夫人は満足そうだった。

「これでブラン様も、女の子に戻れるといいけれど」

「戻るとは言ってないだろう。今夜だけのことだ」

「あら、これで好きな人と踊れたら、もう女の子でいることをやめられないわよ」

（……そうなるのか？）

シリルはまた、もやもやが胸の中に居座るのを感じた。

（いやいや、それでいいんだろ）

シリルは頭を振り、今夜の自分の役割を果たそうと気持ちを切り替える。

アリスティドの姿を探す。夜会でも黒衣の彼はすぐに見つかり、その周囲に女性が集まっているのもわかった。

「やぁ、アリスティド殿。あなたが夜会に出るとは」

「――シリル殿か」

「今、ブランシュ嬢をエスコートしてきたところなんだ」

「ブランシュ嬢……ブラン様を？」

「あそこにいるだろう。ほら、エドガール殿と一緒に」

シリルに言われて目を向けたアリスティドは、最初それが誰だかわからないようだった。

「ブラン様……？」

周囲の女性たちも一様に驚きの声を上げた。

「若君様？　嘘！」

「まぁ、可愛（かわい）らしいこと！」

「ええっ、あれがブラン様なの？」

シリルは笑った。

「言われなければわからないよな」

「あのブラン様が……ドレスを着たのか」

アリスティドが呟く。そして、ふっと安堵したように微笑みを浮かべた。

「そうか……これでエドガール様も安心されるだろう」

やがてダンスを始めた父娘を、誰もが温かいまなざしで見つめた。

すると、アリスティドが自分を囲む女性たちを掻き分けてブランシュに近づいていったので、シリルは驚いた。

そして彼はおもむろに、父親と踊り終えたブランシュに手を差し出したのだ。

ブランシュは硬直して目を見開いていた。エドガールが笑って、娘の手をアリスティドへと引き渡してやる。

（あ……）

ブランシュが頬を朱に染めて、アリスティドの手を取った。

二人が踊り始める。

アリスティドは武骨な騎士と思いきや、思いのほかダンスは上手かった。少しぎこちなかったブランシュの動きを、よくカバーしてリードしている。ブランシュは長身の彼の顔を見上げながら、ぽうっと夢見心地な表情を浮かべていた。

それはどこからどう見ても、恋する乙女の顔だ。

「──おい、おいシリル！」

フェルナンが息せき切ってやってきた。

「本当にあれがブランシュ様か⁉　なんでさっき、お前と一緒だったんだ！」

「……お前まだいたんだっけ、フェルナン」

「ふん、お前に抜け駆けさせるわけにはいかないからな！」

「よかったな、待った甲斐があったじゃないか。今日のブランならダンスに誘えるぞ」

「次は俺が誘う！　邪魔をするなよ」

「はいはい、お好きにどうぞ」

アリスティドに置いてけぼりをくらった女性たちをにこやかにダンスに誘いながら、シリルはちらちらとブランシュの様子を窺った。

フェルナンにはお好きに、と言ったものの、なんとも言えない気分だった。

ダンスの練習に散々付き合ったのは自分だ。ブランシュはずっと、自分とだけ踊っていた。

（何回足を踏まれたかな……）

思い出して少し苦笑する。

しかし今、彼女は別の男の腕の中にいる。相手の足も踏まずに。

正直、ちょっと気に入らない。

（いや、こうなるために練習したんだろ……そもそもドレスを着せたのも、俺だろ）

アリスティドの案外まんざらでもなさそうな表情に、どうやら自分の計画は本当に成功したのかもしれない、と思う。

先日見た夢は予知夢だったのだろうか。

（……あれかな。娘を嫁にやる気分っていうのは、こういうもんなのかな）

アリスティドと踊った後のブランシュには、フェルナンをはじめとしてダンスの申し込みが殺到しているようだった。それを遠巻きに眺めながら、シリルはもう自分の役目は終わったらしい、と悟った。

「あらシリル、どこへ？」

「ちょっと火照ったから外に……」

カティア夫人にそう告げて、広間を抜け中庭へと向かった。

夜の空気は凍てついていたが、酒とダンスで熱くなっている身にはちょうどいい心地よさだ。そう思って、シリルは苦笑する。

（寒さが心地いいだなんてな……ちょっと前の俺には考えられない）

空を見上げると、澄んだ星空が広がっている。

なんだか少し、胸の奥にぽつんと寂しさが降りてきたような、目的を見失ったような気分だった。ブランシュの恋が成就したら――ブランシュが女になったら、もうここに自分の居場所はないのではないだろうか。

（……雪が溶け始めたら、王都へ帰ろうか）

「――ロアナ」

声がして、シリルははっと視線を地上に戻した。

中庭を囲む回廊の奥に、二つの人影が浮かび上がっている。それはロアナと、そして黒衣の長身はアリスティドだった。

（ロアナ？　来てたのか）

いつになく着飾ったロアナは、暗がりの中でも匂い立つように美しい。

「もう来ないのかと――」

アリスティドが彼女に近づこうとすると、ロアナは一歩後退った。

「やっぱり、帰るわ……場違いよ」

「エドガール様に招待されたんだろう、堂々としていればいい」

「あなたは珍しいわね、いつも職務優先なのに。今年は夜会に参加するなんて」

「……君を待っていた」

するとロアナは、ちょっと笑ったようだった。

「まぁ、アリスったら過保護ね。大丈夫よ、エドガール様の前でみっともない真似(まね)はしないよう気をつけるから」

「そうじゃない」

アリスティドが低く言うのが聞こえた。

「……俺はもう、誰かに君を奪われるのを、ただ見ているつもりはないんだ」

「アリス……？」

「ロアナ、俺の――」

アリスティドが手を伸ばし、ロアナを抱きしめる。

「俺の妻になってほしい」

ロアナは固まったように動かなくなった。

「子どもの頃、君のお母さんと約束した。必ず君を支え続けると」

「アリス……」

「君がまだ再婚する気になれないというなら、いつまでも待つ。だから――」

アリスティドはロアナの肩に額を埋め、縋るように彼女を抱く腕に力を込めた。

「傍にいてほしい……」

やがて、微かな嗚咽が響いてくる。

ロアナの頬を涙が伝っていた。

その様子を柱の陰から覗き見する形になったシリルは、ああ、と額に手を当てる。

(あー……なんだよ、やっぱりそうなるのか)

どうやら自分は、いい具合に当て馬になってしまったようだ。ブランシュに協力していたつもりが、ロアナにちょっかいを出すことによってアリスティドの気持ちに火をつけてしまったらしい。

はぁ、とため息をつき、その場を去ろうと踵を返す。

幸せな二人を邪魔する趣味はない。

と、目の前にぼうっと白い影が立ちふさがった。

「──っ」

シリルは息をのんだ。

そこにいたのはブランシュだった。

その視線はシリルではなく、彼の肩越しに見える二つの重なった影に注がれている。

「……あ……ブラン……」

呆然とした様子のブランシュは、初めて白粉を塗った顔をさらに蒼白にしていた。

いつから見ていたのだろうか。

突然、ブランシュは身を翻して駆け出した。

「……おい！」

シリルも慌てて追いかける。

「待てよ、ブラン！」

いつものブランシュより明らかに足が遅かったので、すぐに追いついた。ヒールでは走り慣れていないのだ。

「ブラン、危ないぞ！」

彼女の腕を掴み、抱きとめるように引き寄せた。

「うっ……」

ブランシュは歯を食いしばるように泣いていた。

「馬鹿だ、僕は……こんな格好して、浮かれて……」

「ブラン」

「みっともない……これじゃ売春婦だ！　男に媚を売って、いい気になって……」

腕の中で泣きながら暴れるブランシュを、シリルは必死に押さえ込む。

「アリスティドは、最初から僕のことなんて見てなかったのに……」

ひくひくとしゃくりあげるブランシュのほっそりした体を、優しく抱きしめてやる。

「──人を好きになったら、みっともなくなって当然だ」

宥めるように、ブランシュの頭を撫でた。

「一生懸命だっただけだろ」

「……う」

「お前は、かっこよかったよ」

「うう……うぁ……」

泣きじゃくるブランシュを抱く手に、力が籠もった。

涙に濡れた頬を拭ってやる。

その瞬間、無意識に、シリルはブランシュに唇を重ねていた。

涙に濡れた目が大きく見開かれ、細い体がひくりと跳ねる。

すべての音が消えた気がした。冷えた空気の中で、触れた唇の温もりが彼女の輪郭をひどく確かなものにしていた。

ばちん、と頬に衝撃と熱が走った。

ぶたれたのだ、と気づいたのは一拍おいてからだった。ブランシュは真っ青な顔で、ぶるぶると怒りに震えていた。

「お前まで、馬鹿にするのか――」

ブランシュの、裏切られた、という表情にシリルは身を固くする。

走り去っていくブランシュの姿を呆然と眺めながら、やがてシリルは力が抜けたようにその場に座り込んだ。

両手で顔を覆(おお)う。

「……うわ、最悪……」

宴が終わってからというもの、冬の寒さが徐々に緩(ゆる)み始めた気がした。まだ雪は厚く積もったままだったが晴れる日が多くなり、シリルは空を見上げた。

庭を歩いていると、いつだったかブランシュにせがまれて作った雪だるまが、若干(じゃっかん)溶けかけて情けない様相を呈していることに気づいた。頑張って作った三段の雪だるまだったが、一番上の顔はほとんど形が残っていない。

シリルはため息をついた。

あの夜以降、ブランシュはシリルをあからさまに避けるようになった。話しかけようとしても顔を背けて去っていくし、口をきこうとしない。

（からかったと思ってるんだろうな……）

なんとか弁解したかったが、ブランシュは決してその機会を与えてはくれなかった。

ブランシュは今も毎日、男装のままで過ごしている。エドガールは少し残念そうではあったが、あの夜会での姿がシリルとカティア夫人の尽力であったことを知り、大層感謝された。

「これであの子の夫探しも道が見えてきましたよ」

そう言われて、シリルは内心ひやひやした。

（すみません、むしろ遠ざかったかもしれません……）

あの様子では、もう女の恰好をしたいとは思わないだろう。

「はあぁああ～」

再び大きなため息をつくと、それは白い靄になって風に流れていく。

頭上を見上げると、輝く六花城が聳え立っている。

自分の部屋の窓と、それからブランシュの部屋の窓を探した。階はひとつ違うものの、こうしてみれば随分と近い。屋根を渡れば斜めに突っ切っていけないこともないだろう。

ブランシュが以前泣いていたのはあの窪(くぼ)んだ屋根のあたりだったたか、とシリルは見当をつけた。

(いや、行けるからって、さすがに窓から忍び込んでいくわけにはなぁ……)

再び大きく息をついて、視線を足元へ落とした。

(王都に帰るか……)

借金も家のことも、何も解決していないが、それでも春が来るまでここに留まるのはあまりに気詰まりだった。

ぶらぶらと犬舎へ向かうと、繋(つな)がれている犬たちがシリルに気づいて吠え始めた。警戒しているのではなく、興奮している感じだ。

「お前たちのそりにも、もっと乗りたかったんだけどなぁ……」

ブランシュと一緒に犬ぞりに乗ったことを思い出す。

あの時は、楽しかった。

(男友達……だったからな)

あの気安い関係は居心地がよかった。それを壊したのは、自分自身だ。

(本当、俺の馬鹿……なんであんなこと)

シリルはため息をついて、デジレの黒い毛並みを撫でた。

しばらくはされるがままだったデジレだが、突然、ぴん、と耳を立てて何か構えるような姿勢を見せた。騒がしかった他の犬たちも、一斉に鳴き止み、犬舎は突然静まり返る。その様子に、シリルは首を傾(かし)げた。

「……？　どうした？」

次の瞬間、恐ろしい地鳴りのような音が響き渡った。

シリルはぞっとした。まるで世界が壊れたような音に思えた。

（なんだ……!?）

犬舎を飛び出す。

六花城の背後に聳える山の裾野(すその)に広がる森に、真っ白な波のようなものが覆いかぶさっていくのが見えた。一瞬にして森はその白い塊(かたまり)に侵食され、世界が真っ白になる。

悲鳴が、あちこちで上がるのがわかった。

目に飛び込んできた光景が理解できず、シリルはしばらく硬直して動けなかった。

だが、やがて我に返ると、今度は急いで城内へと駆け戻った。

「シリル！　どこにいたの、無事でよかったわ！」

カティア夫人が青い顔をしてシリルに飛びつく。

「なんだ、あれ……」

「雪崩よ……！　私もあんなにひどいのは初めて見たわ」

するとそこにアリスティドが駆けこんできた。

「皆、落ち着け！　心配しなくてもいい、ここは安全だ！」

さすがにアリスティドは冷静だった。てきぱきと周囲に指示を出し始める。

「持ち場ごとに人数を確認しろ！　居場所のわからない者、外に出ている者はいるか⁉」

「アリスティド殿……！」

家令が震えながら声を上げた。

「旦那様が……」

アリスティドははっとしたように周囲を見回した。どこにも、エドガールの姿がない。

「旦那様が散歩に出られていて……森のほうへ行かれると言って……まだ、お戻りになっていません！」

その場にいた全員が息を呑んだ。

「——父上が⁉」

悲鳴のような声をあげたのはブランシュで、青ざめた顔で階段を下りてくる。

「出ていったのはいつだ⁉」

「三十分ほど前に——」

「騎士団！　すぐに捜索隊を編制する！　皆を集めろ！」

アリスティドが声を上げる。突如慌ただしくなった城内で、ブランシュが駆けだしていくのが見えた。

「――俺も行ってくる！」

「シリル⁉」

シリルが飛び出していこうとするので、カティア夫人が驚いて声を上げた。

「あんな雪崩のあった場所に行くつもり⁉　あなたが行っても足手まといになるだけよ！」

そんな夫人の言葉を背にして、シリルは急いでブランシュを追いかけた。

「――ブラン！」

犬ぞりで捜索するつもりなのだろう、犬舎へ向かうブランシュの姿を捉える。

「俺も探しに行く！」

ブランシュは振り返って、緊張した面持ち(おもも)ちで何も言わずにこくりと頷(うなず)いた。

二人はそれぞれ別のそりに犬を六頭ずつ繋いだ。シリルは顔にぐるぐるとマフラーを巻き付ける。

「僕は東側へ行く。西側を頼む」

「わかった」

余計なことは何も言わなかった。それぞれ一気にそりを滑り出させて、真っ白な風景の中に飛び込んでいく。

正直なところ、シリルの足は震えていた。

カティア夫人の言う通りだ。あんな恐ろしい光景のただ中に自分から行くなんて自殺行為だ。今はおさまっているようだが、再度雪崩が起きないとは限らない。万が一呑み込まれたら、と思うと生きた心地がしない。

それでも、飛び出さずにはいられなかった。

「エドガール殿！」

目いっぱい声を上げた。

「聞こえたら返事をしてください！　エドガール殿！」

雪が降る前に馬で競争をしたこの森は、雪崩のせいですっかり様相が変わっていた。なぎ倒された木々、山の上から落ちてきた大量の雪。

（万が一……万が一、エドガール殿が雪崩に巻き込まれていて、助からなかったら……）

ブランシュの青ざめた顔を思い出す。シリルは声を張り上げた。

「エドガール殿ー！」

突然、先頭を行くデジレが大きく吠えた。シリルはそりを止め、デジレが吠える方向に目を凝らす。

雪の間から、手袋らしきものが覗いていた。シリルは慌てて駆け寄る。

取り上げてみると、右手の手袋だった。上等な革製で、エドガールのものかもしれないと思い周囲を見回す。

「エドガール殿！　いらっしゃいますか⁉」

自分の声ばかりが響く。

(気を失っていたら返事なんてできない……雪に埋もれているなら声も聞こえないかも)

シリルはそりに積んできたスコップを手に、手袋のあった周辺の雪を掘り返し始めた。

汗だくになりながら掘り進めるが、真っ白な雪ばかりが現れる。

ふと、ちらちらと視界を横切るものに気が付いた。

(また雪が降ってきた……)

空を見上げると、鈍色の雲が重苦しく広がっている。

(だめだ……他の皆を呼んで、このあたりを一斉に捜索したほうが……)

「……ぁ……」

シリルははっとした。人の声が聞こえた気がしたのだ。

どこからだ、と這いつくばるようにして探る。

「……こ……だ」

木の幹のすぐそばから聞こえた気がして、シリルは慎重に雪を掘った。降り始めた雪はどんどん勢いを増し始め、視界が悪くなる。

「エドガール殿⁉」

「……ここ、だ」

僅かな空洞から手が見えた。シリルはスコップを放り出し、両手でしゃにむに雪をどけていく。ようやくエドガールの顔が見えた時には、心底安堵した。

「……シリル殿」

「エドガール殿、よくぞご無事で！」

「ああ……なんとか息ができるくらいの空間が残っていて……命拾いをした……だが下半身が完全に埋まっていて動かない……」

シリルはエドガールの周囲を掘り返し、彼の体を引きずり出そうとしたが、力の入らない壮年の男を引っ張り上げるのは恐ろしい程の重労働だった。自分一人では難しいと考え、犬たちにロープで繋いで一緒に引っ張らせる。

「よいしょ……っ、あと……もうちょい……だあーっ」

どしりと尻餅をつく。息を切らしながら、引っ張りだしたエドガールの状態を確認する。

「歩けますか？」

「……いや、だめだ。足の骨が折れてるな、これは」

エドガールは痛みに顔をしかめる。シリルはなんとかエドガールを担ぎ上げ、そりに乗せた。

「さぁ、戻りましょう。皆心配してます」

「迷惑をかけるな……」

体が冷えているのだろう、声には覇気がなく、彼がひどく弱っているのが分かった。シリルは急いで犬たちを走らせる。

その時、再びあの恐ろしい音が響いた。

「――！」

すぐ目の前が、一瞬のうちに真っ白になる。

シリルは目を瞑った。

体が雪の波に押し流される。

なすすべもなく、その流れに身を任せるしかなかった。

「――ううっ、くそっ」

雪から這い出したシリルは咳き込んだ。あたりを見回す。ごうごうと風が渦巻き、いつの間にか外はすっかり吹雪となっていた。

灰色の世界に目を凝らす。そりも、犬たちも、そしてエドガールの姿もない。

「嘘だろ……」

シリルは叫んだ。

「おおい、誰かー！」

声が一瞬で風に掻き消される。

「おおい！　おおーい！」

僅かに犬の鳴き声がした。シリルは雪に沈み込みそうになりながら、じりじりと進んでいく。

黒い影が身をくねらせるように吠えているのが見えた時、不覚にも泣きそうになった。

「デジレか……！」

他の犬の姿はなく、そりも見当たらなかった。しかしデジレのすぐそばにエドガールが横たわっていて、恐ろしく安堵した。

「よかった……！」

エドガールは気を失っているらしい。声をかけてもまったく反応がなかった。

（まずい……犬ぞりもなしに、エドガール殿を運ぶのは無理だ……）

シリルは必死にそりを探したが、どこにもその影を見つけることはできなかった。そうする間にも、吹雪はひどくなる一方だ。

「誰かー！　アリスティド殿！　ブラン！」

捜索隊が見つけてくれることを期待したが、返事はない。再度の雪崩が起きた上にこれほどの吹雪では、一旦捜索を打ち切っているかもしれない。

（こういう場合、吹雪が収まるのを待つほうが利口か……？）

しかしエドガールの状態が心配だった。怪我をしている上に、体温は低下している。火を焚くこともできず、このままでは命に関わるかもしれない。

「……くそー」

シリルは大きく息をついて屈みこみ、エドガールの体を自分の背中に引っ張り上げた。その重さに足が雪の中へ沈むのを感じながら、よろよろと立ち上がる。

「ぐううぅ……デジレ、お前城の方向わかるよな……？」

わかる、というように吠えるデジレに、本当に大丈夫だろうかと不安を感じながらついていくことにした。

（ううー、めちゃくちゃ重たい……やばい……）

この寒さで、シリルもまた体力が失われていくのを感じていた。ぜえぜえと息をしながら、顔に巻いたマフラーがもはや暖かさなど与えてくれないことに絶望する。

エドガールの全体重を支える手は手袋をしていてもなお、かじかんでいた。

（痛い……苦しい……辛い……）

一歩前に進むのも、ひどくのろのろとしていた。

ずぶり、と深く雪にはまり、シリルは倒れた。エドガールの体が雪の上に投げ出される。

「……っ」

はまった足をなんとか引き抜き、息を切らしながらエドガールを背負い直す。

「すみません、エドガール殿……大丈夫ですよ、絶対城までたどり着きますから」

しかしその先も、何度も足がはまり込み、容易に先に進めなくなっていった。

（嘘だろ……なんだよこれ）

意識が朦朧とし始めた。

（雪がまた積もってきてるのか……いつの間にかこんなに）

空から落ちてくる大粒の雪を恨めしく睨みつける。

　これ以上先へ進むのは不可能に思われた。シリルは大きな木の傍までなんとかにじり寄り、できるだけ風をしのげる場所に腰を下ろすと、エドガールを温めるように両手で抱きかかえた。自分に体温がまだあるのかよくわからないくらいだったが、それでも彼を寒風に晒すよりはいくらかましだろう。

「……デジレ、悪いがもう動けない。お前が行って、助けを呼んできてくれ」

　そう言ってシリルは、デジレに行け、と促す。

　しかしデジレは、エドガールの傍から離れようとしない。

「行けって！　頼むよ！」

　シリルは仕方なくデジレの尻を叩き、追い立てた。デジレは何度も振り返り、やがてようやく雪の上を危なげなく駆けていった。

（……誰か、早く来てくれ……）

　腕の中のエドガールは身動きひとつしない。

「生きてくださいよ、エドガール殿……まだブランには、あなたが必要です……」

　シリルは自分の外套とマフラーを脱ぎ、エドガールに巻き付けた。

　ごうごうと雪が風に舞う音ばかりが響く。シリルは心臓が凍り付きそうだ、と思いながらエドガールを抱え続けた。ぴくりとも動かないエドガールが、もしももう死んでいたらどうしようと思う。

「大丈夫です、もうすぐ皆が来てくれます……ブランも一生懸命探しているはずです……」

自分に言い聞かせるように、シリルは震える声で呟いた。

顔が凍り付きそうで、声を出すために口を開けるのも辛かった。まつ毛にまで雪が積もっているのがわかる。

鳴き声が聞こえた気がした。

デジレが戻ってきたのか、と目を凝らす。

シリルは明るい気分になって、僅かに身を乗り出した。

しかし吹雪の向こうに、墨が滲んだように広がる黒いものが見えて、シリルは動きを止めた。

(あれ……?)

デジレではなかった。

「……嘘だろ……」

デジレよりも随分と大きな体。

灰色の毛並みを持つ狼だ。

開いた大きな口から、赤い舌がちらちらと見え隠れした。吐き出される息の湯気が生き物のように白く立ち上り、狼の体温を如実に感じさせた。

　立ち上がることすらできずエドガールを背後に庇い、じりじりと差を詰めてくる狼と視線を交わす。

　こちらは丸腰だ。それにもう、寒さと疲労で身動きもとれない。

（食い殺されて死ぬくらいだったら、凍死のほうがましだった……）

　よく見れば一匹ではない。背後にあと二つ、影が見える。

（マジかよ……俺、そんなに悪いことしたか？　ちょっと女と遊んでギャンブルして借金して親悲しませたくらいだろ？）

　ああそれから、とシリルは思った。

（ブランを傷つけたか――）

　自分が死んだら、少しくらいは悲しんでくれるだろうか。

　飛びかかってくる狼の俊敏で滑らかな動きがひどく鮮やかで、雪の上でよくあんなふうに動けるなぁ、と他人事のように感心した。それくらい、現実味がなかった。

　もう動けない、と思っていたが、シリルは反射的に庇うように手を振り上げていた。狼の重みがどんと当たったのを感じる。

なんとか牙を避け、狼をはねつけた。雪の上に転がった狼がすぐに体勢を立て直す。他の二匹の狼も近づいてきて、低くうなり声を立てていた。

「……ちょっと、手加減してくれよ……三対一は、ずるくない……？」

シリルは哀願するように情けない声を出した。

再び、狼が飛び掛かってくる。

今度こそ喉に食いつかれる、とシリルは目を瞑った。

しかし、悲鳴のように哀れっぽい狼の鳴き声と何かが打ち付けられる音がして、はっと目を開く。

シリルの目の前には、狼ではなく、大きな黒衣の背中が迫っていた。

「――無事か、シリル殿！」

「アリスティド!?」

アリスティドの足元には、真っ白な雪の上に血を流している瀕死の狼が横たわっていた。

残りの二匹が仇討ちと言わんばかりに飛び掛かってくるが、アリスティドはそれを鮮やかに躱し、斬りかかっていく。剣を振るうと轟音が鳴る様子を夢の中の出来事のように眺めながら、シリルは凍えてもう動かないと思っていた顔に苦笑いを浮かべた。

（強ぇー……かぁーっこいい……）

朦朧とする視界の中で時折見えるアリスティドの横顔。これでは、ブランシュが彼に恋をするのも当然だ。

（惚れるでしょ、これは……ここで俺が女だったら間違いなく……いや、男でも惚れるわ）

狼を前にして、何もできずにぼうっと座り込むことしかできない自分とは、雲泥の差だ。

やがて狼たちは敵わないと悟ったのか逃げ去っていき、アリスティドは剣を納めた。

「怪我は？」

「……大丈夫だ。それより……エドガール殿を早く運ばないと。足を怪我して動けなかったんだが、さっきから意識もない……」

アリスティドはエドガールの傍に駆け寄り、険しい表情を浮かべた。そして懐から笛を取り出すと、それを吹いて他の捜索隊を呼んだ。

やがてそりをひいた騎士団が集まってきて、シリルはようやくほっと安心した。その瞬間、シリルは糸が切れたようにその場に崩れ落ちた。

（もう、大丈夫だ——）

アリスティドが何か叫んだ気がしたが、よくわからなかった。

（あったかい……）

さっきまであんなに寒くて凍えて、手足には痛みすら感じていたのに、今はひどく暖かくて気持ちがいい。

（あ、もしかして俺、死んだ？）

しかし、どこかで火が爆ぜる音がした。うっすらと目を開ける。

シリルはベッドの上に横たわっていた。体は重くて動かすのも億劫だ。

人の気配を感じ、視線を巡らす。

枕元で、椅子に腰かけたブランシュが突っ伏して眠っているのが見えた。シリルは驚いて、はっきりと目が覚めてしまう。どぎまぎしてきょろきょろと視線をさ迷わせた。

（え、なんで？）

六花城のシリルの部屋だった。無事に戻ってこれたのだ、と安堵する。

室内にはほかに人影はない。暖炉の炎が赤々と燃え、心地よい暖かさに包まれている。

（生きてる……）

ふう、と大きく息を吐いた。

手を動かそうとするが、感覚がない気がした。それでもなんとか持ち上げて視界に入れると、包帯でぐるぐる巻きにしてあった。

その動きで目が覚めたのか、ブランシュが顔を上げた。

するとブランシュの射干玉のような瞳が見開き、そしてじわっと涙が滲み始めた。

目が合う。

「……ひっ……よかっ……」

しゃくりあげながらブランシュにしがみつかれ、シリルは目を白黒させる。

シリルは驚きつつも、泣きじゃくっているブランシュの体温を感じながら、満たされるような感覚に包まれた。

（ああ、本当に生きてる……）

「……お前、すごい顔してるぞ……」

涙と鼻水でくしゃくしゃの顔のブランシュに、シリルは笑った。

「ううう……お、お前こそっ……」

言われて、シリルは頰に触れてみた。ガーゼの感触がある。

「手足も顔も……軽い凍傷だ」

「あー……そうなの？　治るのか、これ？」

「大丈夫だ、これくらいなら……」

そう言ってブランシュは唇を噛みしめた。

「……父上に、外套もマフラーも巻いてくれたんだろ？」

そういえばそうだった。寒いはずだ。

「唯一の財産はどうしたんだよ……」

「……まさか顔に痕残る？」

「うぅ……絶対残さないように医者に命じておいてやる」

「そりゃどーも。……エドガール殿は？」

「……大丈夫だ、足の骨折だけで済んだ」

「そうか、よかった」

シリルは心から安堵した。自分が助かってエドガールにもしものことがあったら、ブランシュに合わせる顔がなかった。

「………お前のおかげだ」

ブランシュは涙をぬぐった。

「ありがとう……」

シリルはブランシュに手を伸ばしたが、痛みに顔をしかめた。

「～～痛ぇえ……」

「両手はしばらく使うなよ」

「ええー……マジか。何もできねーな」

「安心しろ、治るまで僕が面倒をみてやる」

「え？」

シリルは目を瞬かせた。

「ずっとついて看病してやる。食事も着替えも、僕がやる。してほしいことがあればなんでも言ってくれ」

「……なんでも？」

するとブランシュははっとして、「おかしなことは言うなよ！」と顔を赤らめた。

「何考えたんだよ、お前」

「うるさいな！」

動揺しているブランシュをにやにや眺めた。

（ああ、久しぶりだな、こういうの……）

あの夜のことは互いに口にしない。

なかったことになったのだ、と思った。

ほっとしたようで、寂しいような気分だった。

数日後、エドガールが車いすに乗ってシリルを見舞ってくれた。

「この度は本当に世話になった。ありがとう、シリル殿」

顔色もよさそうで、シリルは安堵した。あの時、本当に死んでしまっているのではないかと思ったのだ。

「いえ、とんでもない。結局私もアリスティド殿に助けられたので、何もできていません」

「いやいや、私は覚えているよ。君は私を背負って歩き、心強い言葉を何度もかけてくれた」

聞こえていたのか、とシリルは驚いた。

「ぼんやりとだが、狼から私を庇ってくれたことも覚えてる。……本当に、ありがとう」

深々頭を下げられ、シリルは恐縮した。

その傍らでブランシュが、元気になった父の姿に嬉しそうに微笑んでいる。

「君が城にいてくれて、本当によかったよ」

エドガールが笑う。

シリルは気恥ずかしさと、それからどこかふわふわした気持ちになった。

ブランシュは本当に、朝から晩まで付きっ切りでシリルを看病してくれた。彼女にスープの匙を向けられた時はなにやら照れ臭かったが、手を使えないので仕方がない。全部口まで運んでもらうのは悪い気分ではなかった。

食べさせてもらっている間、じっとブランシュの顔を見つめてやると、気恥ずかしそうにむくれるのが面白い。

「黙って食べろよ！」

「黙ってるだろ」

「こっち見るな！」

「なんで？　見ないと食べづらいんだよ。ほら、あーん」

「…………」

口を開けて待っていると、ブランシュはむすっとして匙を押し込んだ。

体を拭いたり着替えたりするのも、ブランシュは最初自分がやると言ってきかなかった。

「だめだろ、それは」

「気にするな、病人の世話なんだから。大丈夫だ、騎士たちの着替えで裸は見慣れてるし」

「いや、だめだめだめ」

「おい、おとなしくしろよ！」

無理やり寝間着を脱がされて、シリルは慌てて背中を向けて悲鳴をあげる。

「きゃあああ」

「恥ずかしがるなよ」

「お前なぁ！」

見つめられるのは恥ずかしがるくせに、どうしてこれは大丈夫なのだ。

するとブランシュはシリルの背中をじっと眺めた。

「な、なんだよ」

「——シリル、お前もう少し体鍛えたほうがいいぞ」

「うるさい！」

以来、シリルは断固としてこの仕事は他の使用人に任せた。

# 六章

シリルの怪我(けが)がおおよそ癒(い)えた頃、ブランシュはリハビリがてら城下へ行こうとシリルを誘った。

「ちょっと工房に寄っていい？　この冬の新作ができてるはずなんだ」

「へぇ」

雪の欠片(かけら)の工房を訪れるのは随分(ずいぶん)と久しぶりだった。最初に来た時には結局、門の前でロアナと出会って中へは入らなかったし、その後は何かと暇ではなくなって足を向けることもなかった。

すると、門を潜った先にロアナの姿があったのでシリルは驚いた。ブランシュがぎくりとしたように立ち止まる。

（あ、まずい……）

「あら、シリル……まぁ、ブラン様！　こんにちは」

二人に気づいたロアナが笑顔で近づいてくる。久しぶりに会った彼女の表情はとても晴れやかで、幸せそうな光に満ちていた。

（結婚、決まったのかな）

ぎこちなく挨拶するブランシュの代わりに、シリルは努めてなんでもないように陽気に答えた。

「やぁロアナ！　今日はどうしてここに？」

「待ち合わせをしていて……ああ、ジャン！　ここよ」

シリルが振り返ると、ひょろりと背の高い青年が手を振ってやってきた。

「ロアナ、ごめん遅くなって」

「大丈夫よ。――ブラン様はご存じですよね、ここの職人のジャンです。今年の品評会では彼の作品が優勝したんですよ」

「へぇ、それはすごい。どうも、シリル・ボワイエです」

シリルが手を差し出すと、青年はくせっ毛の頭を恥ずかしそうに掻きながら握手した。

「この後、お城へご挨拶に伺おうと思っていたんです」

「城へ？」

「ええ、実は……」

少し恥ずかしそうにロアナはジャンの横に立った。

「私たち、結婚することになったんです」

シリルとブランシュは、同時に固まった。

「――――――え？」

ロアナとジャンは互いに頬を染めている。

「エドガール様には前夫ともどもお世話になりましたから、きちんとご挨拶しておきたいと思って……夫が亡くなってからも気にかけていただいていて」

シリルは頭が混乱していた。

「……え？　えーと？」

二人の顔を何度も見返す。

「こちらの……ジャン……さんと、結婚を？」

はい、とジャンが恥ずかしそうに笑った。

「ロアナとは幼い頃からの友人だったんですが……実は彼女が前の旦那さんと結婚すると聞いた時、すごくショックで……その当時、僕はただの工房の見習いでしかなかったし、求婚するなんてできなくて。今年の品評会で優勝したら、今度こそ彼女に求婚すると決めていたんです」

「本当は前の結婚の時、彼が止めてくれるのを待っていたの。だから彼は、私のことなんてなんとも思っていなかったんだ、と思っていたんだけど……」

（あれ？　なんだこれ？）

「……アリスティドは？」

　思わずシリルは尋ねた。

　彼からも求婚されたロアナは、少し申し訳なさそうな表情を浮かべた。

「アリスのことは、今でも兄のように思ってる。ジャンとのことも、彼は祝福してくれたわ」

「そ、そう、なんだ……」

（なんだよ、じゃあ……アリスティドも失恋中か……）

　途端に親近感が湧いた。あんな男でも、好きな相手からは振られるのだ。

　シリルはちらりと、傍らのブランシュの様子を窺った。

　ぽかんとしている。

（あ、じゃあアリスティドはフリー……）

　そうであればブランシュの恋は、まだ終わっていない。幸せそうなロアナとジャンを見つめながら、シリルは心の中でため息をついた。

微妙な空気のまま二人で城へ戻ると、騎士たちが集まってなにやら騒いでいるようだった。

「何かあったのか？」

ブランシュが尋ねると、皆がわっと声を上げる。

「ブラン様！　団長がここを辞めてしまうというのは本当ですか？」

「お願いです、引き留めてください！」

「……え？　どういうこと？」

「さっき団長がエドガール様に暇乞いをされたそうなんです！　騎士団長の職を辞して、遠くに行くつもりだって！」

ブランシュは驚いて、急いで駆け出した。シリルもそれを追う。

「アリスティド！」

黒衣の長身がエドガールの部屋から出てくるのを見つけ、ブランシュが飛びついた。

「ここを出ていくって本当⁉」

「ブラン様……」

「なんで？　どうしてそんな……」

「私はまだまだ未熟者です。国を巡って自らをより鍛えたいのです。我儘をお許しください」

「ここで鍛えればいいじゃないか！」

「ここは居心地が良すぎます。もっと自分に厳しい環境に身を置きたいのです」

「そんな……」

「立派なご領主となられることを願っています、ブラン様」

「アリスティド……」

「失礼します」

　そう言って頭を下げると、ブランシュの傍らを通り過ぎていく。ブランシュは拳を握りしめ、ばっと振り返った。

「アリスティド！」

　ブランシュの声に、アリスティドが足を止める。

「ぼ、僕が――いつか僕がこの城を継ぐときには、戻ってきてくれるか？」

　するとアリスティドは、口許に僅かに笑みを浮かべた。

「――もちろん。必ず馳せ参じます」

　ブランシュはもう何も言わず、去っていくアリスティドを見送った。シリルはそんなブランシュをその場に残し、思わずアリスティドを追いかけた。

「アリスティド殿！」

「シリル殿……」

回廊(かいろう)の角を曲がったところで、シリルは周囲に人がいないことを確認すると声を潜めた。

「なぁまさか、ロアナに振られた失恋の痛手でここを出ていくのか？」

「………」

途端にどんよりとした表情になったアリスティドを見て、図星かよ、とシリルは思う。

ブランシュの前では恰好(かっこう)いいことを言っていたくせに。

「情けない男だと思うだろう……」

シリルは噴き出した。

「いや、あんたも普通の男なんだな、と安心するよ」

「……安心？」

「あんたには本当に助けられたよ。感謝してる。あの吹雪(ふぶき)の中であんたの背中はひどく頼もしかった。めちゃくちゃかっこよかったしな」

そう言うと、アリスティドは苦笑したようだった。

「貴殿は、そろそろ王都へ戻るのか」

「……まぁ、そうだな」

　いつまでもここに居座るわけにもいかない。

「以前にも言ったが、シリル殿は指揮官に向いていると思う。是非その才能を生かしたほうがいい」

「本気で言ってるのか？」

「ああ」

　シリルは笑った。

「王都へ来ることがあったら訪ねてくれよ。歓迎するから」

「わかった」

　大きな手が差し出された。シリルはしっかりとその手を握る。

「じゃあまた、いつか」

「――元気で」


　その晩、食事の席にブランシュは現れなかった。

「あの子はどうした？」

　エドガールが使用人に尋ねると、食欲がないと言って部屋から出てこないと答えた。

シリルは食事を終えると、ブランシュの部屋へと向かった。

ノックをしても返事がない。

もしやと思いドアノブを回すと、鍵（かぎ）は開いていた。

開きっぱなしの窓。シリルは心得たように、バルコニーに出て屋根へと上った。

屋根の上で膝をかかえてぼんやりとしていたブランシュは、シリルがやってきたことに何も言わなかった。シリルはその横に静かに腰を下ろす。

泣いているかと思ったが、ブランシュの目に涙はなかった。

「ほら」

ブランシュの膝の上に小さな包みをのせる。

「……何？」

「腹減ってるだろ」

「……減ってない」

「食べとけよ。腹減って考え事してもろくなことないから」

「…………アリスティド、本当に戻ってきてくれるかな」

ブランシュは小さく呟（つぶや）いた。

「……僕は父上みたいに、この人に仕えたいって皆に思ってもらえる領主になりたい」

少し躊躇って、ブランシュは包みを開き、パイを一口かじった。それからしばらくの間、二人とも口を噤んだ。

「雪が随分溶けてきた……」

ブランシュが眼下を眺めた。

「北国にもようやく春が来るんだな。やっぱり王都より冬が長いもんだなー」

「……シリルも、もうすぐ帰っちゃうんだな」

寂しそうな響きを含んだその言葉に、シリルはブランシュの横顔を見つめた。丸まった背中が小さい。

「お前、王都に来たことあるか？」

「ううん、ない」

「じゃあ遊びにこいよ。案内してやるから」

「本当？」

「王都は俺の庭みたいなもんだからな。立ち入り禁止の王宮の塔の上から街を眺めると、絶景なんだ。忍び込み方を教えてやる。それから、これからの時期は川での舟遊びもできるし……そうだ、今度こそお前の香水を選ぼうぜ。大通りにいい店がある」

「楽しみだな」

ブランシュはそう言って笑った。

しかし、ぽつりと涙が流れて、自分でも不思議そうに零れ落ちた雫を見つめた。

涙は次から次へと流れてくる。

シリルは何も言わず、ブランシュの頭を抱えるように自分に寄りかからせた。そうして、優しく頭を撫でてやる。

ブランシュはされるがまま、声もあげずに静かに泣いた。

恋が終わる時は、泣くしかないのだ。


「シリル、起きろ!」

「——ぐふっ」

またこれか、とシリルは布団の中で顔をしかめた。

「朝だぞ!　いつまでもぐうたらするな!」

シリルの上に乗ったブランシュが、じたばたと暴れる。

「うぅ……お前なー」

シリルは布団越しにがしりとブランシュの体を両手で抱え、体を回転させて自分の下に引き倒した。

「うわぁ！」

「毎度毎度やられっぱなしじゃないぞ俺も……もっと優しく起こせよ、優しく！」

布団に搦めとられたブランシュは、楽しそうに笑い声をあげている。

「元気に起きれるようになったじゃないか、シリル！」

その笑顔にどきりとし、シリルは動きを止めた。

ブランシュも、はたと自分にのしかかるシリルを見上げる。そのブランシュの顔がみるみる赤くなっていくのを見て、おやと思った。

「ど、どけよ！」

シリルはぱっと身を離した。

ブランシュは起き上がると、足早に部屋を出ていってしまった。

（勝手に入ってきて人の眠りを妨げて、黙って出ていくのかよ）

シリルは肩を竦めながらふっと笑った。

数日前、アリスティドがこの城を去っていった。以来、さすがに少し元気のなかったブランシュだったが、最近はこうして笑顔も見せるようになった。そのことに少し安堵する。

シリルは着替えながら、そろそろトランクに荷物を詰めることを考えなくては、とクローゼットを眺めた。

　いつかブランシュが王都に来た時、胸を張って会いたい、と思う。

（帰ったら……とりあえず借金をなんとかしよう。父上にもきちんと謝って……どこかの兵団に異動願いを出して、実戦経験が積めるように……）

　考えてみれば、やらなければならないことが山積みだ。

（それから……それから関係のあった女は全部清算しないとな……）

　今までのように、適当な遊びをする気にはもうなれない。

「シリル、どうかしたの？　珍しく難しい顔をしているけど」

　カティア夫人の部屋を訪ねると、彼女はそう言って首を傾げた。

「そろそろ出立日を決めないとね。エドガールが、私たちのためにちょっとした見送りの宴を開きたいと言っているのよ。七日後はどうかしら」

「君は、王都へ帰ったらそのまま屋敷に戻るのか？」

　伯爵が外で作った子どもを引き取る件は、結局彼女のあずかり知らぬところで実行されるのだろう。

「……今頃お義母様が屋敷を牛耳っているでしょうね。一応顔だけ出して、別荘へ行くつもりよ」

「そうか……」

「シリル、あなたこそ、借金まみれで家を追い出されたのにどうするつもり?」

「とりあえず、父上に頭を下げるよ」

「私の別荘にいらっしゃいよ」

「ありがたいけど、やめておく。これからはちゃんと真っ当にやっていくって、父上に許しを請うつもりだ」

夫人は驚いたように目を瞬かせた。

「シリル……」

「今までありがとう、ミレーヌ。君のお蔭(かげ)でいろいろ救われた」

「なんだか……お別れみたいな言い方ね」

シリルはまっすぐにカティア夫人を見つめた。

「うん」

「え?」

「終わりにしたいんだ」

カティア夫人の表情がふっと消えたように見えた。

正直、それは意外な反応だった。夫人であれば、あらそうなの、と軽く受け流すように了解してくれると思っていたのだ。

「……どうして?」

「他の女も全部、終わらせるつもりだ。もうこういう遊びはやめる。……今更だけど」

カティア夫人はこちらに背を向け、窓の前に立った。

「──ブランシュ様のため?」

その言葉にシリルは驚いた。

「え……」

「やっぱりそうなのね」

はっきり言葉にされ、シリルは少し戸惑った。

「……本当に感謝してる、ミレーヌ」

「私のことは?」

「え?」

「私のことは、もうどうでもいい?」

「……君が幸せになるのを願ってる」

「なれると思う?　あの夫のもとで?」

シリルは言葉に詰まった。

しばらく、沈黙が続いた。

「――ふふっ」

カティア夫人の笑い声が小さく聞こえた。

「意地悪言ったわね、ごめんなさい。わかったわ」

「ミレーヌ」

「でも、最後にひとつだけお願いをきいて」

「もちろん、俺にできることならなんでも」

「今夜……私の部屋へきてちょうだい」

シリルは躊躇った。

「それは……」

「これで最後よ。今夜一晩、それでおしまい。……いいでしょう?」

カティア夫人の手がシリルの頬に触れる。潤んだ瞳が、何かを訴えるように彼を見つめていた。

「……わかった」

細い手が、少し名残惜しそうに離れていく。

「それじゃ――待ってる」

夫人の部屋を出ると、シリルはその場で大きくため息をついて髪をかき上げた。

カティア夫人との関係は遊びだった。それでも、夫人はシリルにとって大事な女性だった。幸せになってほしいのも本心だし、今後助けが必要なことがあればなんでもするつもりだ。

（これで最後だ……これで……）

決してブランシュへの想いを裏切るわけではない、と自分に言い聞かせた。


城はすでに寝静まっていた。

シリルはひっそりと暗い階段を上り、カティア夫人の部屋へと滑り込む。

暖炉の前でワインを飲んでいた夫人が、シリルを見てにこりと微笑んだ。薄い夜着は彼女の肢体をそのまま浮かび上がらせ、炎がその陰影をくっきりと刻んでみせていた。

「よかった、来てくれないかと」

そう言って立ち上がると、シリルの首に腕を回した。

柔らかな唇が重ねられる。

シリルは違和感を覚えた。これまで幾度となくしてきた行為なのに、心がどこかにいってしまったような感覚だった。

ベッドに誘われ、衣を脱いだ夫人の肌に触れると、熱い体温を感じた。

それとは対照的に、自分はひどく冷めている。シャツを脱ぎ捨てながら、シリルは自分に言いきかせた。

（これで最後……大人の付き合いの、ちょっとした別れの挨拶だ……それ以上でもそれ以下でもない）

「シリル……」

「………………」

カティア夫人の濡れた声が切なげに自分を呼んだ。

シリルは彼女の体に触れた手の動きを止めた。

「シリル？」

「…………やっぱり、できない」

「え？」

「本当に、ごめん――」

シリルは体を起こし、大きく息をついた。

「……どうして？」

カティア夫人が詰るように言った。

「……不思議だな、今までは何も考えずに気楽にやってた行為なのに、ちょっと今は……」

ひどく重い意味を持つ気がした。ベッドの端に腰かけ、自分の手を見下ろす。

少し震えていた。

シリルは苦く笑った。

ベッドを下りようとすると、とん、と夫人が背中に寄りかかってきた。

「シリル……私、離婚するわ」

「え?」

「実家のために我慢してきたけど、もう限界……これ以上、耐えられそうにない」

「……そうか」

「だから——だからあなたに傍にいてほしいの」

カティア夫人の白く細い両腕が後ろから伸びてきて、シリルをぎゅっと抱きしめた。

「ミレーヌ?」

「お願い、シリル……」

「もちろんいつだって、君の力になるよ」

「……別れたくない」

シリルは驚いた。もう彼女は、別れを承諾したと思っていた。

「どうして――」

「――あなたを愛してるの、シリル」

その言葉に、シリルは身を固くした。最後の冗談かと思い、シリルは動揺しつつも笑って彼女の腕をほどこうとする。

「何言って……」

「私だって、驚いてる――」

カティア夫人の声は、震えていた。

「あなたが夫から私を守ろうとしてくれた時、本当に嬉しかった……それで、気づいたわ。夫への想いは私の執着でしかなかったって。だから……」

カティア夫人の腕に力が籠もる。

「シリル、私ほどあなたを理解している女はいないわ。違う？　私たち、きっとうまくやっていける。そうでしょう？」

縋るようなカティア夫人の言葉に、シリルは息を詰めた。この女性が、こんなふうに激情を吐露する様子は意外だった。

シリルはゆっくりと、彼女に向きあった。カティア夫人の目には涙が浮かんでいる。それをそっと拭う。

「……ミレーヌ、君は俺にとって大事な女性だ。それはこれからも変わらない。でも……」

それ以上、言葉を口にできなかった。

カティア夫人は押し付けるようにシリルにキスをし、押し倒す。

「！　ミレー……」

その時、コンコン、と密やかに扉をノックする音が響いた。

「──カティア夫人？　入ってもいいですか？」

(ブラン⁉)

シリルは蒼白になった。

何故こんな時間に、こんなところへやってきたのだろうか。

カチャリ、と扉が開く。

(鍵がかかってない……！)

「夫人？　あの、御用って……」

扉の隙間から顔を出したブランシュの目が、シリルと合った。その目は、彼と絡み合うカティア夫人の姿に向き、大きく見開かれていく。

　ブランシュは強張ったようにしばらくその場に立ち尽くすと、弾かれたようにぱっと身を翻した。

「――ブラン！」

　追いかけようとするシリルを、カティア夫人の手が引き留める。

「シリル、やめて。追いかけてなんて言うつもりなの！」

「離してくれ！」

「弁解の余地がある？　あなたと私はずっと愛人関係だったわ。今だって、裸でベッドの中にいたのよ。それも、何もする気がなかったわけじゃない。あなたはそういうつもりでこの部屋に来たんでしょう？」

「……っ」

　実際、そうだった。

　ブランシュが見たのは、誤解でもなんでもない光景だった。

　それでも、放っておくわけにはいかなかった。夫人の手を振り払ってベッドから降りると、シリルは急いで服を着た。

「シリル、お願い行かないで！」

「君がブランを呼んだのか、わざと?」

「………」

夫人は何も言わなかった。

シリルは部屋を飛び出した。真っ暗な廊下(ろうか)には、すでに人影はない。

しかしどこかから足音が響いた。階段を駆け下りている。

「ブラン!」

シリルは急いで階段を下りた。

「ブラン、待て!」

手を伸ばす。ようやくその腕に届いた。

「——触るなっ!」

どんと突き飛ばされる。

その力は思った以上に強く、シリルは壁に背中を打ち付けた。

「痛……ブラン、話を……」

「最低だ——」

息を切らしていたブランシュは、どこかぎらぎらとした目でシリルを睨(にら)みつけた。

「最低、最低、最低!」

「ブラン――」

「だから伯爵のこと殴ったんだな、夫人の情夫だから！」

「違……」

「とんだ勘違いをしてたよ……！　ああそうか、この城に来たのだって、愛人とアバンチュールを楽しむためだったわけか！」

　シリルは唇を噛んだ。

「……早くこの城から出ていけ」

「ブラン！」

「お前みたいなやつ、顔も見たくない！」

　駆けていくブランシュの姿が小さくなっていくのを、シリルはただ見送った。

　追いかけることはできなかった。


「こんな急にお帰りになるとは……お別れの宴を催そうと思っていたんですよ」

　車寄せまで見送りに出てくれたエドガールが、残念そうに言った。

　あの夜から二日が経っていた。

シリルはすでにトランクが積まれた馬車を背に、彼と向き合っていた。今日、シリルは六花城から去る。エドガールの後方には、使用人たちも何人か見送りに出てきていた。

「ミレーヌだってまだ滞在するのに」

「申し訳ありません、エドガール殿。家の都合で、どうしても急いで戻らなければいけなくなりまして」

「ブランシュはどこへ行ったのか……シリル殿が今日発つから、見送るようにと言っておいたんですが」

「……いろいろ、忙しいんでしょう。とても楽しい冬を過ごさせていただきました。本当に感謝します」

「シリル様、また来てくださいね！」

「お元気で！」

使用人たちの言葉に、シリルは笑顔で手を振る。

「ああ、皆ありがとう」

エドガールは手を差し出した。

「本当に、また是非いらしてください。いつでも歓迎いたしますよ」

「ありがとうございます」

握手を交わすと、シリルは馬車に乗り込んだ。

庭に積もった雪はほとんど溶けてしまって、窓からは僅かに小山のような雪の塊が見えた。あの時作った雪だるまの残骸だ。

冬は、もう終わる。

御者に出発するよう促す。馬車は静かに、六花城を後にした。

遠ざかっていく城は、日の光を浴びて煌めいている。シリルは懐から、あの城と同じ輝きを放つネックレスを取り出した。

シャラリと鎖が音を立てる。

返そうかとも考えた。

それでも、手放せずにこうして手元に残してしまった。

ブランシュがくれた雪の欠片は、冬の名残のように手のひらの上で冷たく瞬いていた。


ブランシュはバルコニーから、去っていく馬車を見送っていた。遠すぎてシリルの姿など見えはしなかった。

あの夜のことを思い出すと、胸の中がぐちゃぐちゃで叫びだしたい気持ちになった。カティア夫人に呼び出されて訪れた部屋——ベッドの上の二人——ブランシュの罵声にひどく傷ついた表情を浮かべていたシリル——。

人妻と不倫など最低だ。ブランシュは絶対に受け入れられなかった。

何より耐え難かったのは、自分が己惚れていたことだった。伯爵を殴ったのは、ブランシュへの言葉に怒ったからだと——シリルはブランシュのことを特別に思っているのだと——勝手にそう思っていたことだ。

(全部カティア夫人のためだったのに……)

アリスティドへの恋を応援してくれたのも、ただの暇つぶしと冷やかしだったのだろう。あのキスも——からかわれたのだ。そういえば自分で言っていたではないか、『王都一の色男』と呼ばれていると。

(馬鹿だ、僕は)

一緒にいて、楽しかった。

父を救ってくれた時は、本当に心から感謝した。

アリスティドへの恋が終わった時も、シリルが傍にいてくれたから耐えられた。

温かな手で触れられると、ほっとした。

溢れそうになる涙を堪え、ブランシュは屋根へと上った。誰にも見られたくないから、泣く時はそこで、と決めている。めそめそと泣いていれば、やっぱり女の子だ、と言われることだろう。

（……え？）

雨樋をよじ登ったブランシュは、驚いて動きを止めた。

屋根の上に先客がいたのだ。

それは小さな雪だるまで、ちょこんと鎮座している。小さくはあるが三段重ねで、一番上の部分には豆で可愛らしい顔が描かれている。

――雪だるまは三段だ！

ブランシュは、自分がシリルにそう言って、大きな雪だるまを作らせたのを思い出した。

じっとその雪だるまを見つめる。

――僕が勝ったら特大雪だるまを作れよ！　僕の部屋から見えるところに！　三段の！

やがてしゃがみ込み、抱えた膝に顔を伏せた。

「うっ……」

頬を伝う涙が熱い。

「小さいよ、馬鹿……」

# 七章

「――ボワイエ隊長！」

下士官が駆け寄ってきたので、シリルは足を止めた。

「なんだ？」

「すみません、王宮へ行かれる前に、こちらの書類の裁可をいただけませんか」

「ああ、わかった」

渡された書類に目を通す。

六花城（りっか）から王都へ戻り、一年半が過ぎていた。

シリルは士官としてまともに働き始め、中隊を率（ひき）いるようになっていた。つい先日、国境付近で起きた隣国との戦いに参加し、久しぶりに王都へと戻ってきたところだ。

「それにしても、我が中隊が陛下から直々にお言葉をいただくなんて……俺、親に自慢しますよ！」

「悪いな、戦勝会に全員呼べなくて」

「そりゃ仕方ないですよ、国王主催のパーティーなんですから。隊長は代表として、俺たちの分までよろしくお願いします！」

「屯所に酒を運ばせたから、皆に振る舞ってくれ」

「ありがとうございます！」

　書類にサインをして、シリルは用意させた馬で王宮へと向かった。戦場での功績を認められ、今夜王宮で行われる戦勝会に出席することになっている。

「見て見て、シリル様よ！」

「きゃあ、こっち見た！」

　シリルが通り過ぎると、道行く娘たちからそんな声が上がる。王都一の色男が突然女遊びをやめ華々しい戦果を上げたことで、都の女性たちの間ですっかり憧れの騎士として名が広まっていた。以前なら微笑み返してやったところだが、シリルは無言でその場を駆け抜けた。

　王宮の大広間に入ると、わっと煌びやかな貴婦人たちに囲まれた。

「シリル様、この度の戦では大活躍だったとか」

「お怪我はなさいませんでしたか？」

「どうぞお話を聞かせてくださいな」

シリルは儀礼上にこにこと愛想よく、彼女たちに応対した。

しかし内心は、まったく楽しくない。

恋の駆け引きも一夜の火遊びも、今ではすっかり気乗りしない。彼女たちの希望に添うこともできないので、当たり障りなく誘いを躱していく。

「シリル殿、少しよろしいか」

第一王子であるトリスタンに話しかけられ、貴婦人たちも遠慮して席を外した。この男が話しかけてくるとは珍しいな、とシリルは思った。

「お久しぶりです、殿下」

「弟と遊び惚けていた君が、こんな活躍を見せるとは。驚いたな」

淡々とそう話すトリスタンの表情は読めない。この男は、快活な弟とは違って生真面目で堅い。シリルは対照的ににこやかな笑顔で答えた。

「ありがとうございます、殿下。――それは嫌みですか?」

「いや、褒めている」

「左様で」

(わかりにくいよ)

「父と話したのだが、君を近衛師団（このえしだん）に迎えたいと思っている」

　シリルは驚いた。近衛師団は国王直属の部隊で、王宮を含め国王の護衛が主な任務であり、誰もが憧れるエリートだ。そして現在その師団長を務めているのは、未来の国王であるこのトリスタンだった。

「私を――近衛師団に？」

「君は部下をよくまとめ、的確な状況把握（はあく）と戦術に長（た）けていると聞く。私にとってもよい勉強になるだろう」

「……ありがたいお話です。ですが、私は今の隊が気に入っております。もっと前線で経験を積みたいのです」

　こんないい話を断るのか、とトリスタンは意外そうな色を瞳に浮かべた。

「弟といい、君といい……随分（ずいぶん）変わったらしい」

「レナルドから連絡はありますか？」

「奥方の機嫌を必死に取っているようだ。何しろ相手はまだ十歳だからな」

　シリルは苦笑いを浮かべた。婚儀が終わってからシリルも知ったが、レナルドが婿入（むこい）りした隣国オリゾン王の妹姫というのはまだ十歳の幼い少女なのだ。レナルドも気苦労が多いだろう。

「近衛師団の件は、今すぐにとは言わない。考えておいてくれ」

そう言ってトリスタンは、父である国王のもとへと去っていった。

適当なタイミングでパーティーから失礼したシリルは、そのまま実家であるボワイエ家の屋敷へと向かった。

「シリル、おかえりなさい！」

母が嬉しそうに出迎える。その後ろから、甥っ子のシャルルが飛び出してきた。少し見ないうちに背が伸びている。

「おい、ごくつぶし！　お土産は？」

「うるせーなぁ、もうごくつぶしじゃねぇよ！　だいたい、ごくつぶしに土産をせびるな！」

「なぁなぁー、土産ー」

「戦場に行ってたんだぞ、遊びに行ってたんじゃない！」

「そうですよシャルル。さぁ、あちらへいってなさい。――ああシリル、よく顔を見せてちょうだい。なんだかやつれたんじゃない？」

「そうですか？　いたって元気ですよ。父上は？」

「お待ちかねよ。今夜は泊まっていけるんでしょう？」

「ええ、でも明日の朝には屯所へ戻ります」

「王都へいる間は、うちから通えばいいじゃないの」

シリルはもうずっと、屯所で他の兵士たちとともに生活していた。

「それで今日はなんの用です？　父上がわざわざ俺を呼ぶなんて」

「それはお父様から聞いてちょうだい」

書斎に入ると、父が手元の本から顔を上げた。

「ただいま戻りました」

「ああ、そこに座れ」

言われるがまま椅子に腰を下ろす。母もその隣に腰かけた。

「借金ならもう全部返したはずですが、俺また何か問題でも起こしました？」

「そうではない」

そう言って父は一枚の肖像画を取り出した。若い娘の絵だ。

「どう思う」

「……絵のことはあまり詳しくありませんが、いい絵なのでは？」

「違う、この娘だ。美人だろう」

「はぁ」

「王都で金融業を営むクザン家の一人娘だ。先方が、お前との縁組を申し出てきた。なんでもこの娘がお前にのぼせ上っているそうでな」

　シリルは目を瞬かせ、そして眉を寄せて大きく息をついた。

「……父上」

「クザンは大富豪だぞ。こんな話が飛び込んでくるとは、お前にもようやく運が巡ってきた」

「本当にねぇ、なんてありがたい……」

　母がハンカチで涙を拭う。

「俺はまだ、結婚するつもりはありませんよ。軍務で忙しいですし、いつまた戦場へ派遣されるかもわかりません」

「近衛師団に誘われたと聞いたぞ」

「……耳が早いですね」

「あそこなら王都から離れることもない。これはすべて神のお導きだな」

　勝手に納得して頷いている父に、シリルは声を上げた。

「近衛師団に入るつもりはありません」

「とにかく、この娘に会え！　こんな機会は二度とないかもしれないんだぞ！」

「そんな暇はないと言っているんです！」

「あれほど女遊びに興じたお前はどこへ行った！　思い出せ、その楽しさを！　こんな美人を逃す気か!?」

ボワイエ子爵は興奮した面持ち（おももち）でばんばん、と肖像画を叩く。

「俺がまっとうになって喜んでいたくせに、なんでそういうこと言うんですか！　――そんな話なら失礼しますよ！」

「シリル！」

書斎をつかつかと出ていくシリルの背後から、父の怒号が響くのが聞こえた。しかし無視して足早にその場から立ち去る。

廊下（ろうか）に出ると、ちょうど兄のコルネイユがやってきて「帰るのか？」と尋ねた。

「母上がお前の好きなものばかりの晩餐（ばんさん）を用意したんだぞ」

「……兄上、父上に言っておいてください。見合い話は金輪際（こんりんざい）持ってこないようにと」

「父上はお前が心配なんだ」

「ふん、ろくでなしだと追い出したくせに」

「だからだ。手のかかる子ほど可愛（かわい）いものだろう」

シリルは意外に思って兄の顔を眺めた。

「父上も母上も、昔から俺よりお前のことばかり気にかける」

「……兄上たちは手がかからなかったですからね」

「あの縁談、最初に話を聞いた時、父上は本当に喜んでいたぞ。これでようやくシリルが幸せになれるとな。父上もお年を召された。……実はこの間、一度倒れたんだ。お前の将来が心配なんだろう」

「………」

「とりあえず、今夜は泊まっていけ」


鎖を持ち上げ、雪の欠片を窓の光に照らす。

王都はすでに夏の終わりに差し掛かっている。それでも、その北国のクリスタルはどんな時でも雪のようにひんやりしていた。

ため息をついてそれを首にかけて懐へとしまうと、シリルは屯所で与えられている自分の小さな部屋を出た。屯所の中はいつも騒がしい。扉を開けた途端に喧噪が耳に飛び込んでくる。

「あれ、隊長。お出かけですか?」

「ああ、午後の訓練までには戻る」

「めかしこんでますね、デートでしょ」

にやにやする兵士たちの口調は気安い。シリルは上官にあたるが、この中隊の空気はひどくフラットだった。勿論、シリルがそうなるように彼らと関わってきた。厳めしい指揮官など自分には無理だ。

「俺知ってる！　見合いがあるんですよね？」

「え、本当ですか？」

「クザン家のご令嬢と……」

「うわっ、あの美人と!?」

「羨ましい……」

「さすが隊長……」

どうしてこういう話はどこからともなく漏れるのだろう、とシリルは考えながら、

「ああ、悪いが後は頼む」

と門を出た。

父や母の手前、一度だけその相手に会うことを了承した。

（適当に断ればいい……向こうだって実際会えば、想像していたのとは違うと思うかもし

れない）

待ち合わせ場所は都の中心部に広がる広大な公園で、緑が広がり乗馬コースもある社交の場だった。

目印として指定した天使の彫像の前に、真っ白な日傘をさした少女が立っている。彼女はこちらに気づくとはっとして頰(ほお)を赤らめた。

「リゼット嬢？　遅くなって申し訳ない。シリル・ボワイエです」

リゼット・クザンはぽうっとシリルに見入っていた。

「……ああ、シリル様！　お誘いいただき感謝しますわ」

「ここは暑いでしょう。水辺を歩きませんか」

シリルはエスコートするために腕を差し出し、リゼットは嬉しそうにその腕に飛びついた。

肖像画はあまり信用していなかったが、確かに美人だ。

（ブランと同い年くらいかな……）

そう考えて、そこでブランシュを引き合いに出した自分を心の中で罵(ののし)る。

「本当に、夢みたいです……シリル様とご一緒できるなんて……」

嬉しそうに頰を染めているリゼットの様子に、シリルは少し胸が痛んだ。

（……これは、断ったら泣くかな）

「こちらこそ光栄です。お父様のご高名はかねがね伺っておりましたが、こんな美しいお嬢様がいたとは存じ上げませんでした」

「私、シリル様が凱旋なさった時、お友だちと一緒に南門のところから見ておりましたのよ。颯爽と馬に乗っていらっしゃったお姿を見て、安心しました。お怪我をなさってないかと心配で……」

シリルは適当に相槌を打ちつつ、他愛ない話で無難に彼女を楽しませた。

「シリル様、私ボートに乗りたいわ」

公園の中にある大きな池の畔で、リゼットが甘えるようにせがんだ。

「そうですね、水の上のほうが涼しいでしょう」

シリルは船乗り場でボートを借りると、リゼットの手を引いて舟へと乗り込んだ。

正面に座ったリゼットにうっとりと見つめられ、シリルはにこりと笑顔で受け流す。

「私はあまり漕ぐのがうまくなくて。落ちないように気をつけてくださいね」

「あら、落ちたらシリル様が助けてくださいますでしょう？」

「それはもちろん。今だったらそう水も冷たくないでしょうし……」

ブランシュに騙されて、氷のように冷たい泉に飛び込んだことを思い出す。

（なんでそこで思い出すんだ、俺……）

突っ込みながら、シリルは自分で自分にうんざりした。

「……シリル様、率直におっしゃって。私をどう思われますか？」

リゼットが日傘をくるくると回しながら、上目遣いに尋ねた。シリルはオールを漕ぎながら、そつなく微笑んだ。

「素敵な方だと思います」

「本当に？」

「ええ」

「それじゃ、私と結婚してくださる？」

「……はは、リゼット嬢。求婚は男がするものですよ」

「あら、そんなの気にしませんわ」

リゼットが前のめりになり、舟が揺れた。

「シリル様……」

「あ、動かないでください、舟が……」

リゼットが顔を寄せ、シリルにキスをしようとする。慌ててシリルは彼女の肩を掴んだ。

「どうして？」

「……まだこういうことは早いかと」

「まぁシリル様ったら、私を初心な娘と思っていらっしゃるの？　遠慮なさらなくていいのよ」

「いや……」

積極的なリゼットに、シリルは気圧され気味だった。

（まぁそうだよな、この年頃ならこんなものか……ブランが純粋すぎた）

魔法の時計なんて作り話を信じ込み、キスひとつで大騒ぎをする。

シリルは咳払いすると、意図して誘惑するように表情を変えた。

「リゼット嬢……」

どきりとしたようにリゼットが顔を赤くする。

「いけない人ですね、こんな場所で……ほら、人が見ていますよ」

そう囁いて顎をすっと持ち上げてやる。

「シ、シリル様……」

顔を近づけ、触れ合う一歩手前で寸止めし、じっと見つめてやる。たっぷり時間をかけて、彼女の瞳に自分を映した。

「――そろそろ戻りましょうか」

そう言ってシリルが身を離すと、リゼットはようやく呼吸ができた、というように肩で息をした。どぎまぎして心拍数がひどく上がっているのがわかる。

（ふん、王都一の色男の実力をなめるな）

もっと一緒にいたいと食い下がるリゼットをなんとかクザン家の屋敷まで送り届けると、シリルは真っ直ぐに屯所へと戻った。

「疲れた……」

上着の襟元を寛げて、大きく息を吐く。あれでは、向こうから断ってもらうことは無理そうだ。

（断ると言えば、父上と母上は怒るだろうな……）

「隊長、どうでしたか見合いは？」

「……俺の魅力にかかればどんな女も瞬殺だということを証明してきた」

「うわ、むかつく！」

「でも隊長ならそう言ってもよし！」

そう言って皆が笑う。

（本当は、好きな女だけ全然瞬殺できなかったんだけど……）

「よーし、訓練を始めるぞ！　整列！」

動いていると余計なことを考えなくていい。だからこそ、シリルは今の生活が気に入っていた。ブランシュのことも、職務にのめりこんでいればすべて忘れていられる。

日が暮れる頃、訓練を終えたシリルは部屋へ戻った。

着替えようと上着を脱いだ時、ふとあることに気づいた。

胸元をまさぐる。どこにもあのひんやりとした感触はない。

雪の欠片が無いのだ。

(鎖が切れた……？)

慌てて床に這いつくばり、目を皿のようにして探す。しかしあの独特の輝きは見当たらない。

(いつだ……訓練中に落とした？)

部屋を飛び出して訓練場へと向かう。

「隊長、どうしたんですか？　もう夕飯ですよ」

「ああ、ちょっと……先に食べていてくれ」

すれ違った下士官にそう言って、シリルは急いだ。沈みかけた夕日に照らされた訓練場は、すでに人気がなくがらんとしている。

(どこだ……)

段々と日が沈み、足元が見えなくなってくる。シリルは膝をついて何度も何度も地面を探るようにまさぐった。やがて完全に辺りが暗くなると、部屋からランタンを取ってきてもう一度くまなく捜索する。

（ない……）

もしかして、とシリルは屯所を飛び出し公園へと向かった。

リゼットと歩いている時に落としたのかもしれない。もしくは、その行き帰りのどこかで。

夜の公園に明かりはなく、持参したランタンの光を頼りに、歩いた場所を思い出しながら念入りに探し回った。草木をかき分け、木の窪みまで覗（のぞ）き込む。

光が当たれば、輝くあの光を見逃すはずがなかった。

（どうしよう……どこにもない……）

息を切らしながら、シリルは汗をぬぐった。暗く人気がなくてよかった、と思う。今の自分はきっと、ひどい有様だ。汗だくだし泥だらけだし、着替え途中だったから上着も着ていない。都中の娘が憧れる騎士が這（は）いつくばって、なんて無様な恰好（かっこう）だろうか。

探し疲れて、シリルは近くの木の根元に腰を下ろした。

（あれしかないのに……）

ブランシュとは、あの日以来一度も会っていないし、手紙のやりとりもない。連絡できるほど面の皮は厚くない。

だからあの雪の欠片だけが、彼女との繋がりを感じられる唯一のものだったのだ。

（これはあれか？　他の女とデートなんかするから、その罰か……？）

はは、とシリルは乾いた笑い声を上げた。

「でも俺、だいぶ心入れ替えたと思うんだけどなぁ……もうちょっといいことあっても、いいんじゃないかなー……」

泣きたい気分で呟く。

ふと周囲が明るくなった気がした。空を見上げると厚い雲が晴れて、月が出てきたのだ。視界がよくなり、シリルは再び捜索を始めた。

その時、きらきらと光る水面が視界に飛び込んできた。

（そうだ、ボート……！）

シリルはふらふらと船着き場に向かい、足元を照らした。そして泊めてあったボートをひとつひとつ覗き込む。

きらり、と何かが閃いた。

「——っ！」

シリルはそのボートに飛び乗ると、ぱっとかがみこむ。

月の光を浴びて、雪の欠片が輝いている。

「……あったぁ〜〜……」

両手でそっと取り上げると、そのままボートの中で蹲ってしまう。

シリルは涙が滲むのを感じた。

「……っ……う」

歯を食いしばって嗚咽を堪え、手のひらの中の雪の欠片を祈るように額に当てる。

過去の自分が恨めしかった。

失恋の痛手でへそを曲げひねくれた、臆病者の自分が。


「またリゼット嬢からお手紙ですよ」

シリル付きの若い兵士がからかうように言って、郵便物を手渡した。

「三日とあけずに届きますけど、一体そんなに何が書いてあるんです？」

手紙を受け取りながらシリルはため息をついた。

あの日以来、リゼットからは熱烈な愛の言葉が連ねられた手紙が何通も届いていた。シリルは父親に断ってほしいと伝えたものの、どうやら両親はまだ望みを捨てず、先方に何も伝えていないらしい。

「なんか、ポエムがな……いろいろ書いてある」

「はぁ、無学な俺にはよくわからなそうですねー」

「俺にもよくわからん」

「……隊長！」

別の兵士が慌てた様子で駆けてくる。

「どうした」

「あの……入り口のところに、トリスタン王子がおいでです！」

「トリスタン殿下が？」

近衛師団に入るという話を、シリルはうやむやにしたままだった。その件だろうと、シリルは屯所の門へと向かう。

近衛騎兵を二人引きつれたトリスタンの姿が見えた。

「殿下、こんな場所までわざわざいらしていただくとは」

「ああ、ついでがあったのでな。どうだ、異動の話は考えてくれたか？」

「……やはり、お断りします。折角いただいた機会ですが」

「縁談が進んでいると聞いたが」

「……情報通ですね」

「身を固めるなら猶更、この話は受けたほうがいいと思うがな」

「こんな俺に声をかけていただいて感謝します、殿下。ですが、決めたことですので答えは変わりません」

トリスタンは小さくため息をつくと、懐から封書を取り出した。

「……わかった。ではもうひとつの用を済まそう。三日後に王宮で開かれる晩餐会の招待状だ」

「俺にですか？」

「主賓はレディ・ブランシュだ。君は彼女と面識があるそうだな」

「……レディ……ブランシュ……？」

「ネージュ家のエドガール殿が亡くなられて、彼女が正式に領地を継ぐことになった。今回はその承認を受けにやってくるから、父上が盛大な宴をとおっしゃってな」

シリルは驚いた。

「エドガール殿が……？　亡くなったのですか？」

「知らなかったのか？　病だと聞いている。それで、父上はレディ・ブランシュの夫にトーマを、と考えていらっしゃるのだ」

トーマはトリスタンの弟で第三王子だ。兄たちに比べると、地味で目立たない存在だった。

「トーマとレディ・ブランシュとの間を、君にうまく繋いでほしいと思ってね。ネージュ家の力は大きい。強引に事を進めれば問題が多いだろうからな」

渡された王室マークの入った封書をじっと見つめた。

「ブラン……レディ・ブランシュは……その縁談を承知しているのですか？」

「いや、王都へ来てから直接話をするつもりだ。その前にまずはトーマと自然に顔合わせをさせて、よい印象を残しておきたい。君にそのあたりをサポートしてほしい」

「……彼女は……一筋縄ではいかないと思いますよ」

「そうか。ではなおさら君に協力してほしい。頼んだぞ」

トリスタンは馬にまたがると、では、と無表情に言って屯所を後にした。

（エドガール殿が亡くなったのか――）

こんなに早く、とシリルは思った。彼の力強い手を思い出す。

父を失い、ブランシュは嘆いているに違いなかった。

（ブランが、王都に来る……）

晩餐会の日、王宮に集められていたのは名だたる貴族たちだった。ネージュ家の代替わりを祝う席となれば、新領主に顔を繫いでおく必要がある。しかも王子との結婚話まであるとなれば、ブランシュの存在はさらに無視できないものになるだろう。

控えの間で軽くワインを傾けている彼らを眺めながら、シリルは落ち着かない思いでいた。ブランシュに会えることが嬉しい。しかし、どんな顔をして会えばいいのか。

「シリル」

声をかけられ、シリルははっとした。いつの間にか、カティア夫人が目の前に立っていた。

「ミレーヌ……」

「久しぶりね」

彼女とはあの六花城で別れたきり、すっかり音信不通となっていた。それでも都にいれば噂(うわさ)は伝わってきて、伯爵が妾腹の子を引き取り、夫人が伯爵と別居したという話は聞いていた。しかし夫人は、社交の場には一切現れなかった。

「……元気そうだ」

「あなたも。……日に焼けて健康的になったこと」

　夫人がふふ、と笑う。

「ご活躍の噂は聞いているわ」

「それはどうも。――珍しいな、今日は。こういう場は久々じゃないか？」

「ええ。ブラン様の知人として呼ばれたの」

「……そうか」

　一見、二人の間にはまるで何もなかったかのような空気が流れていた。昔のように気安く話せることに、シリルは思った以上に安堵する。実際彼は、彼女という人が一人の人間として本当に好きなのだ。

「伯爵とは、あれからどうだ？」

「離婚の話を進めてるわ。……ようやく、決着がつきそう」

　カティア夫人は目を伏せた。

「シリル、あの時のこと……恨んでいて？」

　シリルは、俯いた夫人の横顔を見つめて、首を横に振った。

「いや……実際君の言ったとおりだったからな。全部自分でしたことが自分に跳ね返ってきただけだ。……むしろ、いろいろ考え直すきっかけになった」

「シリル……」

その時、招待客たちの間でざわめきが起きた。

会場に新しく姿を現した人物に、人々の視線が集中するのがわかった。シリルは、ブランシュが来たのだろうと思って身を固くした。きっと男装してきたに違いないから、皆驚いているのだ。

（ブラン……）

人垣の合間から、ブランシュの姿が現れた。

シリルはぎくりとした。

想像した男装姿ではなかった。

そこにいたのは、どこからどうみても優雅で高貴な貴婦人だった。

裾の長い青のドレスに身を包み、艶めく黒髪はつけ毛ではなく自分の髪を結いあげている。今年十八歳になったはずのブランシュは、ひどく大人びて見えた。少し背が伸びただろうか。誰かに話しかけられ、ブランシュは足を止めた。嫣然と微笑み返すその様は上品だ。手にした扇の扱い方も手慣れた様子だった。

ただ、背筋を伸ばし颯爽とした姿には、男装していた頃の名残のような凛々しさがある。

それが彼女を、ただの貴婦人ではなく女王然とさせて、北の地の女領主としての風格を醸し出していた。高いヒールに四苦八苦していた頃の彼女からは想像できないほど、その歩みはしっかりとしている。

「お久しぶりです、レディ・ブランシュ。私を覚えておいでですか？」

ずいっと前に出たのはフェルナンだった。かつてブランシュに散々に振られたのに、まだ諦めていないらしい。しかも、見違えるように美しくなった彼女にうっとりしている。

「まぁ、フェルナン様。お久しぶりですね、お元気そうだわ」

ブランシュは自分が剣でめった打ちした男に優雅に笑いかけた。フェルナンはその態度に自信を持ったのか、彼女の友人顔でエスコートしようとする。

その時、彼女の黒い瞳が、ふと自分に向いたのがわかった。

しかしブランシュはすぐに視線を逸らすと、他の客たちとそのまま雑談を交わした。

「随分変わられたわね、ブラン様。……ああ、もうこんなふうに呼んだらだめね。レディ・ブランシュとお呼びしないと」

カティア夫人が苦笑する。

「……ああ、そうだな」

避けられた視線が、思った以上に胸に堪えた。

（俺なんか、見たくもないか……）

晩餐会の間、シリルは離れた席からブランシュの様子を時折窺った。ブランシュの隣には国王と、そしてその反対側には第三王子のトーマが座っている。

シリルは、トーマと楽しそうに話しているブランシュの横顔ばかり見つめてしまう。じりじりした気分で晩餐を終え、客たちは歓談するための部屋へと移った。当然そこでも話題の中心はブランシュで、常に人に囲まれていた。

一方、シリルもシリルで貴婦人たちが周りに群がっている状態だった。ブランシュに近づきたいが、なかなかうまくいかない。

ブランシュを囲む一角から、楽しそうな笑い声が上がる。

「若い貴公子たちは皆、レディ・ブランシュの夫の座を狙っているのね。見て、あそこに群がっているわ」

「特に第三王子が随分とご執心だこと」

「王室と縁続きになればネージュ家は盤石ね」

「そういえば、聞きましたわよシリル様。クザン家の令嬢と婚約されるとか」

「ええ？　本当ですか？」

ここまで話が広がっているのか、とシリルは危ぶんだ。外堀を埋められてきている気がする。

「いえ、一度お会いしただけで、婚約までは……」

「なんてこと！　シリル様が結婚だなんて、都中の娘が卒倒しますわ」

「わたくしだってショックですわ、シリル様」

悲鳴を上げる女たちに、シリルは笑顔を向けた。

「私は皆さんのものですから。――まだ誰のものにもなりませんよ」

そう言ってウィンクしてみせると、女性たちは嬉しそうに嬌声(きょうせい)を上げた。

(父上、早くちゃんと断ってくれよ！　くそー、明日にでも直接クザン家に話をしにいってやろうか……)

男たちに囲まれるブランシュは、そつのない笑顔を振りまいている。あの中に割り込んでいって話しかける勇気は、今のシリルにはなかった。

(きっと、冷たくあしらわれる……なんなら無視されるかも)

少しでも彼女に相応しくあろうと努力してきたが、何をどう努力したところで、過去は消えないのだ。

少し風に当たろうと、テラスへ降りて庭園に出る。

すると、「シリル殿」と背後から声をかける者があった。

「――アリスティド殿!?」

やってきたのは背の高い黒衣の騎士だった。

「どうしてここに？」

「ブランシュ様のお供だ」

「え……じゃあ六花城に戻ったのか？」

「ああ、エドガール様が亡くなられたと聞いてな」

「そうか……。エドガール殿のことは本当に残念だ。葬儀に行けなくてすまなかったな、知ったのがつい最近で」

「いや、ありがとう」

「これからはブラン……レディ・ブランシュに仕えるのか」

「そのつもりだ」

約束を守るんだな、とシリルは少し嬉しくなった。

「てっきり今日も、男の恰好で来ると思ったんだけどな」

「あの方も大人になられたのだ。最近は普段から女性の恰好をなさっている。ご自分の責任もよくわかっていらっしゃる……よい領主になるだろう」

「そうか……」

シリルはアリスティドの長身を見上げた。

エドガールを失い、そこへアリスティドが戻ってきて、ブランシュはさぞ心強かっただろう。

（一度は失恋したとはいえ、嫌いになったわけじゃないんだし……）

この男がブランシュのすぐそばにいるなら、自分の出る幕などどう考えてもなかった。

「素晴らしい戦功をあげたそうだな。やはり貴殿には器がある」

「いや、隊の皆のお蔭だよ……俺は大したことしてないし」

「皆に慕われるのは人徳だ」

「アリスティド殿にそう言われると、嬉しいな。——そういえば、ロアナはどうしてる？」

「ああ、この間久しぶりに会った。今、妊娠五か月だそうだ。幸せそうだった」

「へぇ……」

随分と時間が経ったのだ、と改めて感じる。

「もう、未練はないのか？」

「……彼女には幸せになってほしい。それだけだ」

アリスティドが珍しく柔らかな笑みを浮かべた。心底そう思っているのだろう、と思わせる表情だ。

「……はぁー、できた男だな」

（俺も爽やかにそう言えるようになりたい……）

「──アリスティド、そこにいるの？」

ブランシュの声が響いてきて、シリルはどきりとした。

やってきたブランシュも、シリルがいることに気づいて驚いたようだった。

「……シリル様、お久しぶりね」

貴婦人らしいよそ行きの言葉と笑顔を向けられる。

ひどく他人行儀だった。

「ご無沙汰しております、レディ……ブランシュ」

そう呼ぶと、なんだかまったく知らない人物に思えた。

──僕はレディじゃない。

そう宣言したあの少年が懐かしかった。シリルは居住まいを正す。

「お父上のこと、お悔やみを申し上げます。それから、新たなご領主となられたこと、お祝い申し上げます」

「ありがとうございます」

アリスティドと並んだブランシュの姿を見つめながら、シリルは思った。

（……ああそうか、女らしくするようになったのは、アリスティドのためか……）

この二人は、よく似合っている。

「──シリル殿、ブランシュ様は王宮が初めてだから、いろいろと案内してくれるか。ブランシュ様、私は先に戻ります」

「え？」

シリルは驚いた。ブランシュも少し焦ったようにアリスティドを見る。

「アリスティド──」

「あまり遅くなりませんように」

頭を下げて、黒い影が闇に紛れるようにアリスティドは去っていく。置いていかれたような形の二人の間には、しばし気まずい沈黙が続いた。

「………あの話、本当だったのですね」

沈黙を破ったのはブランシュだった。こちらには視線を向けずに呟く。

「え？」

「『王都一の色男』──聞いた時は冗談かと思っていましたけれど、王宮でのあなたの様子を見て納得しました。貴婦人たちにいつも囲まれて」

「いや、あれは──」

「街でもあなたの話を耳にしました。王都中の娘が憧れる騎士だとか。随分とご活躍されているようですね」

ブランシュの言葉は、どことなく刺々しかった。

「今夜はカティア夫人ともご一緒で――まだ仲がよろしいようで、何よりです」

ぎくりとした。

「レディ・ブランシュ、あの時のことは……」

「田舎者の私にはよくわかりませんが、そうした遊びも都の貴公子の甲斐性なのでしょう」

「――ブラン！」

そう呼ぶと、ブランシュは少し肩を震わせたように見えた。

「……夫人とは、あの冬に六花城を出て以来、会っていませんでした」

「そうですか。――ですが、私には関係のないことです」

気の無い返事をするブランシュは、澄ました表情のまま、頑なに視線を合わせようとしない。

「――アリスティドのことは？」

「え？」

「彼のこと、もう吹っ切れたんですか？」

　ブランシュは何も言わない。

「その気がないなら、トーマ王子にこれ以上気をもたせてふらふらしないほうがいい」

　するとブランシュの顔にさっと赤みが上った。

「あなたと一緒にしないで」

　シリルは思わずむっとして口を開いた。

「随分と変わりましたね。――男と戯れるのもお上手になったようだ」

「……なんですって」

「ドレスを着て、そんな自分がみっともないと泣いていた方と同一人物とは思えません」

　言って、後悔した。

　ブランシュが裳裾を握りしめ、僅かに震えているのがわかった。

「――失礼しますわ」

　それだけ言うと、ふいと顔を背けて去っていく。

　その後ろ姿が見えなくなると、シリルは顔を両手で覆ってため息をついた。

「俺の馬鹿野郎――……」

　自分にうんざりする。

何も成長していない。

（あーあ、俺は心の狭い男だよ……アリスティドみたいに寛大なことなんて言えない……）

幸せになってほしいと思っている。それでもやはり、他の男のものになるのを笑って見ていることはできない。

がっくりと項垂（うなだ）れた。

（帰ろう……）

これ以上、皆の前で作り笑いを浮かべられる気力はない。

「――――シリル！」

シリルはその声に、弾かれるように顔を上げた。

つかつかとブランシュが戻ってくる。

シリルは狼狽（うろた）えた。

ブランシュはものすごく怒った顔をしている。戸惑っているシリルに、ブランシュは挑むように口を開いた。

「お、お前が六花城を出ていってから、カティア夫人が全部話してくれた！」

「……え？」

「あれは誤解だったと——お前は夫人と別れようとしてたって——それを引き留めようとして、あの時、無理やりあんなことしたって！」

ブランシュは以前のような口調に戻っていた。

「わざと私に見せたのだと——申し訳なかったと、頭を下げてくれた」

先ほど久しぶりに会った、カティア夫人の顔を思い出す。

「……あの時……私はシリルに、ひどいことを言ったと思う」

だから、とブランシュはぎゅっと拳を握りしめる。

「今日、会えたら——本当は——謝ろうと——」

だから、とブランシュは言い淀む。

それでわざわざ戻ってきたのかとシリルは驚き、そしてゆっくりと頭を振った。

「……言われて当然のことをしてたよ、俺は。お前の言う通り、彼女の愛人やってふらふら生きてたのは事実だ。夫人以外の女もいた」

ブランシュが、聞きたくない、とでもいうようにきゅっと唇を噛んだ。

「…………雪だるま」

「え？」

「お前の雪だるま、小さすぎだ……」

シリルは、屋根の上に置いてきた雪だるまを思い出し苦笑した。

「ああ……仕方ないだろ、もう雪があまり残ってなかったし」

「すぐに溶けた」

「……そうか」

「………冬になったら……り、六花城に、来ないか」

ブランシュの言葉に、シリルは驚いた。

「皆、お前に会いたがっているんだ。……だから……」

その時シリルは、ブランシュの様子がおかしいことに気が付いた。右手を背に隠すようにして、何かもぞもぞとしている。

（あれ、この光景、なんか見たことが……）

カチ、と小さな音が聞こえた気がした。

――これは、魔法の時計です。

――ここに竜頭があるでしょう？　これを押しながら、相手に声をかけるんです。するとその相手は、必ず色よい返事をくれるんですよ。

ブランシュは視線を足元に落としている。

「雪合戦の決着も、まだついてないし……」

シリルは、ぎゅっと胸が締め付けられるような気分だった。

そして、大きく息を吸い込んだ。

「――馬鹿かお前は！」

ブランシュは驚いて目を瞠る。

「そんなのが――魔法の時計なわけないだろうが！　ただの時計だよ！　俺が適当に嘘ついたんだよ！」

シリルは泣きそうだった。

「なんで簡単にそんなこと信じてんだよ！」

「――うるさいな、わかってるよ！」

ブランシュは瞳を潤ませながら言った。

「それでも……それでもお前がっ……」

堪え切れなくなったようにブランシュは身を翻し、その場を立ち去ろうとする。しかしその途端、ブランシュは大きく躓いて前のめりに倒れこんだ。

握りしめていた懐中時計が手から転がり落ち、カツンと音を立てて地面に跳ねた。

「おい！」

シリルは驚いて駆け寄る。

「大丈夫か？」

「…………っ」

ブランシュは顔を上げない。

「おい――」

「……うるさいなっ、この靴が悪いんだ、こんな高いヒール！」

ブランシュは我慢ならないというように、履いていた靴を脱いで忌々しそうに放り投げた。

「こんな靴で歩けるか！　この長い裾もだ！　動きにくい！」

「……え？」

ブランシュは顔を上げて、泣きながらシリルを睨みつけた。

「お前が悪いんだ！　お前が――カティア夫人みたいな女が好きだから！」

「は？」

「髪だって伸ばしたし、ドレスだって着て、貴婦人らしい振る舞いも勉強した！　なのにお前は、まだカティア夫人と一緒にいるし、綺麗な女たちに囲まれて嬉しそうだし、金持ちの娘と婚約するっていうし――」

「……ブラン？」

「どうせ僕はレディじゃない——こんな靴も履きこなせないし——」

涙がぼろぼろと零れ落ちていく。

「……馬鹿みたいだ、僕は……」

うずくまったまま泣くブランシュに、シリルは呆気に取られた。

（なんだそれ……じゃあ……つまり……）

シリルはブランシュの前に静かに膝をつくと、すうっと息を吸い、彼女の顔を覗き込んだ。

「……全部、俺のため？」

「…………」

「婚約の件は、もうとっくに断ってる」

「…………」

「言っておくけど、昔の女も全部切ったからな」

「…………」

ブランシュが、涙に濡れた顔をゆるゆると上げた。

シリルは転がった懐中時計を取り上げる。

「魔法なんか必要ねぇよ」

「シリル――」

「――もうとっくに、惚れてるんだから」

そう言ってシリルはブランシュに腕を伸ばし、抱き寄せた。

(でもやっぱり、魔法かもな……)

ふわふわとした浮遊感に包まれる。

幸せで、世界が光に満ち溢れていく。

ブランシュの温かな体温を感じながら、シリルは掌の中の時計を握りしめた。

そっと竜頭を押す。

「お前が好きだ、ブラン。――俺と結婚してくれるか?」

# 終章

ひんやりとした冬の朝の空気の中で、布団に包まっていることほど気持ちのいいことはない。しかもそこに、誰かの体温があったらなおさらだ。

シリルはゆっくり瞼（まぶた）を開いた。

窓から薄く朝の光が差し込んでいる。

隣では、彼の妻がすやすやと安らかな寝息を立てている。その寝顔を眺めながら、シリルは幸せを噛（か）みしめて微笑を浮かべた。

ガウンを羽織（はお）ってベッドを下りる。

窓を開けてバルコニーに出ると、一気に冷え切った空気が体を包んだ。

外は、一面の銀世界。

この冬初めての積雪だった。道理で寒いわけだ、と思いながら、シリルは笑みを浮かべる。

「──ブランシュ、見ろよ。雪が積もったぞ」

息がさあっと白くなって流れる。

うーん、と寝ぼけたような声が聞こえた。

シリルはベッドへ引き返すと、眠っているブランシュを見下ろした。安らかな寝顔に頰が緩む。

そっと屈みこみ、耳元で優しく甘く囁いた。

「女王様、朝ですよ」

「……ん……」

ぼんやりと瞼が開き、ブランシュの黒い瞳が覗いた。

「……おはよう」

「おはよう。庭にどっさり雪が積もってるぞ」

「……本当?」

その言葉にブランシュはぱちりと目を覚ます。

ブランシュもガウンを羽織ると、バルコニーへと飛び出した。

きらきらと輝く白銀の雪に、歓声を上げる。シリルは彼女の体が冷えないように、後ろから包むように抱きしめて一緒にその光景を眺めた。

「雪合戦だな！」

「だな。皆に声をかけよう。今日の仕事は全部休みだ」

「雪だるまもだぞ！」

「はいはい、三段でも四段でも五段でも」

二人はくすくすと笑った。

六花城は雪の光を浴びて、彼らを寿ぐように眩く輝いていた。

※この作品はフィクションです。実在の人物・団体・事件などにはいっさい関係ありません。

集英社オレンジ文庫をお買い上げいただき、ありがとうございます。
ご意見・ご感想をお待ちしております。

●あて先
〒101-8050　東京都千代田区一ツ橋2-5-10
集英社オレンジ文庫編集部 気付
白洲　梓先生

集英社
オレンジ文庫

# 六花城の嘘つきな客人

2021年12月22日　第1刷発行
2022年 1 月24日　第2刷発行

著　者　白洲　梓
発行者　北畠輝幸
発行所　株式会社集英社
〒101-8050東京都千代田区一ツ橋2-5-10
電話【編集部】03-3230-6352
【読者係】03-3230-6080
【販売部】03-3230-6393（書店専用）
印刷所　株式会社美松堂／中央精版印刷株式会社


ISBN 978-4-08-680425-7 C0193

集英社オレンジ文庫

# 白洲 梓

# 威風堂々悪女

(シリーズ)

① 民族差別の末に命を落とした少女が目を覚ますと、差別の原因を作った皇帝の寵姫・柳雪媛に転生していて…？

② 未来を予見し皇帝の病を快癒させ、神女と称される雪媛。しかし後宮を掌握する寵姫・芙蓉が黙っていなかった…。

③ 雪媛の信奉者は民衆にも増え、脅威はないかに思えた。だが雪媛が寵を得たことで同族の尹族が増長し始める。

④ 次代の皇帝の命を生まれる前に始末するか雪媛は悩んでいた。だが本来の“歴史”が変化していることを知り…？

⑤ 立后式の最中、芙蓉に毒を持った罪で雪媛の侍女が囚われた。侍女を助けるため、雪媛は冤罪を認めてしまう。

⑥ 非業の死を遂げた少女はいかにして悪女となったのか？絶望的な状況から這い上がる柳雪媛、はじまりの物語。

⑦ 流刑地に送られた雪媛は皇帝の命令で再び後宮に戻った。だが小さな楼閣に軟禁され、心身ともに衰弱していき…？

⑧ 衰弱し、昏睡状態の雪媛を連れて北の国境を越えた青嘉。遊牧民族の皇太子に拾われて、一命をとりとめるが…？